「お前は朝まで寝ていろ。
お姫様を守るのは俺の役目だ」
アシュトンの大きな手が
私の頭を撫でる……感触がした。

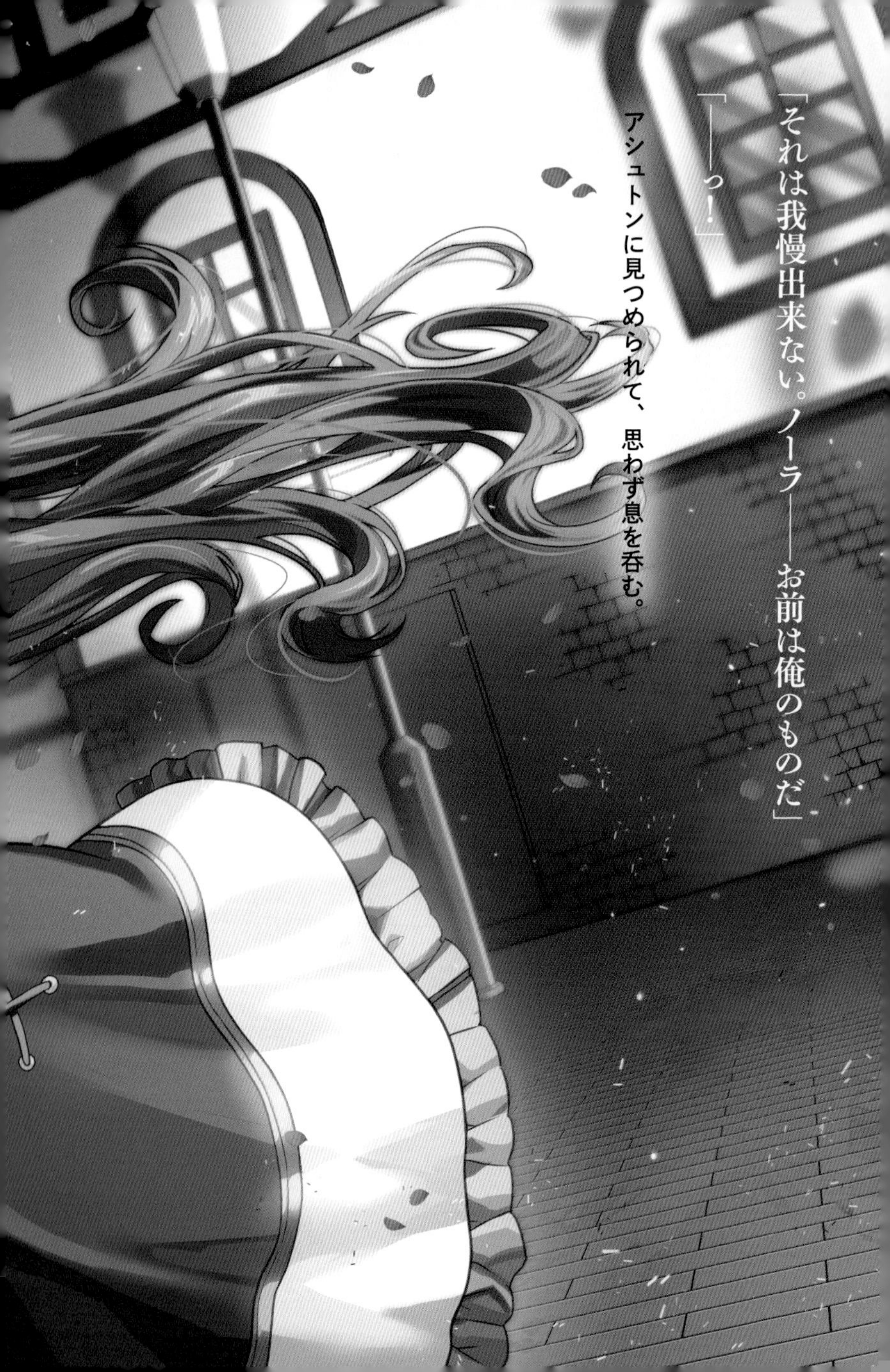
「それは我慢出来ない。ノーラ——お前は俺のものだ」
「——っ！」
アシュトンに見つめられて、思わず息を呑む。

――彼の唇が私の
唇と重なった。
私も目を閉じて、
それを受け入れる。

話が違うと言われても、
今更もう知りませんよ2
～婚約破棄された
公爵令嬢は
第七王子に
溺愛される～
鬱沢色素
illust. 辰馬大助

contents

イラスト✦辰馬大助
デザイン✦たにごめかぶと（ムシカゴグラフィクス）
編集✦庄司智

第一話

私――ノーラはエナンセア公爵家の令嬢だ。

小さい頃からダンスや淑女としてのマナーも叩《たた》きこまれ、今では一通り出来るようになった。

さらに学生時代の成績はいつもトップ。この国の（元）第一王子と婚約してたこともあったのよ？

そんな非の打ちどころのない公爵令嬢――のはずなんだけど……。


「はあっ！」


――訳あって、今は魔物と戦っている。

迫りくる魔物のゴブリンを、私は一刀で斬り伏せた。

「いっちょあがりよっ！　……あっ、ライマー！　そっち、行ったわ！」

「言われなくても分かっている！」

ライマーがすかさず反応し、魔物の攻撃を剣で受け止める。さすが！　こんなので後《おく》れを取るほど柔《やわ》じゃなさそうね。

彼はちょっと小柄な体型をしているけど、剣を器用に使いこなして魔物と戦っている。

金色の髪はまるで貴族みたいで、太陽の光を反射してキラキラ輝いていた。

その見た目通り、彼は子どもっぽい一面も併せ持っている。

だけどこうして戦っている姿を見ると、やっぱり一人前の冒険者。それに正装をきっちり着こなしている時の彼は、ちょっぴり大人びて見えるのも私は知っている。

「ノーラ！　なにをよそ見している！」

ライマーの戦いっぷりを見ていると——突如、一人の男が私と魔物の間に割って入った。

彼はあっという間に魔物を斬り伏せ、私の方へ顔を向ける。

「ありがとう、アシュトン。助かったわ」

「全く……お前にはいつも冷や冷やさせられる。目が離せない」

ニヤリと彼——アシュトンは口角を上げた。

漆黒の髪は今日もふわっとしていて、つい触ってしまいたくなるほど。切れ長の瞳に、整った鼻筋。左目下にある泣きぼくろも、大人の色気を醸し出していた。

相変わらず顔が——いい。

まあ、だからなんなのだという話なんだけど。

「おい、来るぞ！」

アシュトンが私から視線を外し、再び剣を構える。

私たちを追い詰めるように、大量の魔物——ミニマムボアがじりじりと距離を詰めてきたのだ。

アシュトンと背中合わせになって、私もミニマムボアと向き合う。

「ノーラ、やれるか？　怖かったら、どこかに隠れていてもいいぞ」

「なにを言ってるのよ。このくらい、お茶の子さいさいだわ。それに……アシュトンと一緒なら、誰にも負けないわよ」

「ふっ、相変わらず面白い女だ」

アシュトンが笑みを零《こぼ》す。

「とても公爵家の令嬢だとは思えない度胸だな。しかし――俺もノーラとなら、なにも怖いものはないっ！」

それが合図だった。

私たちは同時に地面を蹴り、踊るように剣を振るう。

魔物の血飛沫《ちしぶき》が上がり、頬に付着したけど……こんなのはもう慣れっこ。今更、気にしてられないわ。


さて――。

どうしてそんな私が、こんな風に魔物と戦っているのか。

あれはおよそ一週間前のこと――。

◆　◆

「遠征？」

アシュトンからその話を聞き、私は首をかしげた。

「そうだ」

とアシュトンは短く答える。

彼はこの国の第七王子。

普通なら王宮で暮らしているところだけど、とある事情があって今はここ辺境の地――ジョレットで冒険者をしている。

そういった経緯もあって、王都の人たちはアシュトンを変人王子だなんて呼んでたけど……実際ジョレットに来てみると、ここの住民は彼のことを慕っていた。

変人呼ばわりされていたことが、嘘《うそ》みたい。

性格はちょっと意地悪だけど、不思議と嫌な気持ちにはならない。それどころか、ことあるごとに私は彼にドキドキさせられていた。

「……詳しく聞いていいかしら？」

「ああ。ここから少し離れた街で、魔物との大規模戦闘の計画が立てられているそうでな。なんでも、街の近隣に棲息《せいそく》している魔物の数が増えてしまったらしい。そこで一気に片付けてしまおうということだ」

「なるほど」

「各地の冒険者も、その街に集まってくる。そこで徒党を組み、魔物と戦う。まあ、いわば期間限定の冒険者パーティーみたいなものだな。その一員として俺も呼ばれたわけだ」

「そうなのね。ということは……」

「ああ、しばらくこの屋敷《やしき》には戻ってこられない」

とアシュトンが続けた。

彼の口ぶりからするに、重要な作戦みたいね。じゃないと、Sランクとはいえ、違う街からわざわざ招集はかからないだろう。

「はっはっは！　アシュトンさんはSランク冒険者だからな！　この街だけではなく、近隣にもその名は轟《とどろ》いている。アシュトンさんのお力を借りたいと思うのは当然のことだ！」

そう言って、ライマーが胸を張った。

「どうしてあなたが威張ってるのよ」

溜《た》め息《いき》を吐く。

彼はアシュトンと同じ冒険者。

アシュトン信奉者の一人で、同時に彼の一番弟子でもある。

一応まあまあ強いらしいけど……ライマーは私に何度も決闘を挑んで、その度に負けていたりする。だからいまいち、強さが分かりづらいのよね～。

でも私への対抗心は失わずに、何度も決闘を挑んでくるところは大したものだわ。まあ、私も良《い》い暇つぶしになるから、付き合ってあげてるけど。

「ライマーも行くの？」

「もちろんだ！」

「ライマーにも経験を積ませたくってな。それにこいつは少々抜けているが、戦いに関しては信頼出来る」

とアシュトンがニヤリとしながら、補足を入れた。

「アシュトンさん！　ありがとうございます！」

当のライマーはアシュトンに褒められて、子犬のように喜んでいた。

でも少々抜けているって言葉は、聞こえていないみたいね。

「カスペルさんはどうするの？」

「残念ながら……私は一介の執事。冒険者のライマーはともかく、私は彼と同じようにアシュトン様に付いていくわけにはいきませんよ。屋敷のこともやらないといけませんし」

黙って事の成り行きを聞いていたカスペルさんは、そう言って眉を八の字にした。

彼はこの屋敷の執事。

なんでも、アシュトンがまだ王宮にいた頃から仕えていて、一緒にここまで付いてきた形らしい。

だけど侮ることなかれ。

カスペルさんはただの執事ではない。

超絶すごい執事なのだ！

気配を消してどこからともなく現れ、きっちり仕事をこなす。彼の作ってくれた料理に一度《ひとたび》口を付けると、天にも昇るよう。それに屋敷に襲撃者が来たとしても、華麗に倒してしまう。

カッコいいけど、怒らせたら怖い気がする。

あんまり怒らせないようにしよう――常々、私はそう心の中で思っていた。

「屋敷の管理はカスペルに一任する。なにかあったら、カスペルに言ってくれ」

とアシュトンが口にする。

彼もカスペルさんには全幅の信頼を置いている。だからなのか、その言葉は力強かった。

しかしそれを聞いて、私は急に寂しくなる。

カスペルさんはいるけど、アシュトンとライマーはしばらく屋敷にいないってわけね……。

二人ともいなくなったら、退屈になるわ……なにをすればいいのかしら。

「ねえ、アシュトン……」

「なんだ？」

アシュトンが私の顔をじっと見る。

少し声が上向き加減だ。私の発言を待っている。

だけどここで私のワガママを伝えたら、アシュトンはどんな顔をするだろう？　今まで好き勝手にやらせてもらっているのに、今回もだなんて……。

私にしては殊勝なことを考えていると。

――『ノーラ、付いていきましょう！』

「え？」

突如、女性の声が聞こえた。

すぐに辺りをきょろきょろと探すけれど、私たち以外に人なんていやしない。

「……？」

アシュトンは不思議そうな顔をして首をかしげる。

「い、いえ。なんでもないわ。気にしないで」

と私は取り繕う。

さっきの声、なんだったのかしら……。

でも……この声を聞くと、不思議と安心する。

まるで私のことを応援してくれているようだった。

「言っておくが……ノーラ。今回ばかりはお前を連れていけないぞ」

とライマーが喧嘩腰《けんかごし》に言う。

「ただの公爵令嬢はおとなしくしておけ。まあオレは行くけどな。なにせオレはアシュトンさんの一番弟子だからな！」

むっ。

そんなことを言われたら、さすがの私も腹が立ってくるわ。せっかく、おとなしくしておこうと思ったのに。

——たまに忘れそうになるが、私は一般的にはお淑《しと》やかと称される公爵令嬢だ。

それなのにどうして、こんな風に念押しされるのか。それにはこれまでの経緯がある。

私——ノーラは元々この国の第一王子レオナルトと婚約させられていた。

しかし彼はいきなり「真実の愛を見つけた」と世迷言《よまいごと》をほざき、私に婚約破棄を言い渡した。

レオナルトは私と婚約しておきながら、ブノワーズ伯爵家のエリーザと浮気していたのだ。

あの時のことは何度思い出しても、腹が立つ。

そして国王陛下に、私は次の婚約者を用意された。それがこの国の第七王子——アシュトンである。

でもアシュトンは今まで何人もの婚約者候補を門前払いしてきたという前科持ち。

だから私も同じ運命を辿《たど》ることになると思った。というか、そうしてくれ。王子と婚約させられるのは、もう懲り懲りだ。

そう思ってたけど……アシュトンの「女という生き物は根性がない」という発言にかっちーんときて、ついつい彼に決闘を挑んでしまった。

そこで彼を負かしてしまい、一大事。でもこれで嫌われたでしょうし、結果的には良かったのかしら？　——と思っていたら、何故《なぜ》だか気に入られ、彼の正式な婚約者となってしまった。

そのことが最初は嫌だったんだけど、アシュトンはとても優しい男だった。

私は幼い頃からダンスやお茶会より、剣や魔法の腕を磨いている方が楽しかった。

そのおかげで、今では結構な腕前なのよ？

でもそんな私は公爵令嬢らしくないと周囲から言われることもしばしば。

だからレオナルトとの婚約中は自分のやりたいことを我慢していたわけね。

でもアシュトンの前では、そんなことをする必要もなかった。彼は私の意思を尊重してくれ、面白い女とも言ってくれた。

そんなわけで……お淑やかな公爵令嬢という仮面を被《かぶ》る必要がなくなった私は、アシュトンと楽しく暮らしていた。

執事のカスペルさん。ちょっと生意気なライマーも、そんな楽しい日々を彩ってくれた。

しかもセリアっていう、超可愛《かわい》い同年代の女の子が友達になってくれた。彼女とは好きなロマンス小説を語り合う、良き友だ。

だけど平和なだけでは済まない。

私からレオナルトを奪った泥棒猫――エリーザがこの街に乗り込んできたのだ。

彼女は「話が違う！」と私に迫り、アシュトンすらも寝取ろうとしたんだけど……途中で魔力を暴走させてしまい、それどころじゃなくなった。

そこでエリーザは、大昔この世界を恐怖に染めた魔神の依《よ》り代《しろ》だという真実を、アシュトンから聞かされた。

魔神は王族の血、そして依り代であるエリーザの憎悪に反応し、この世に再度顕現した。

その時の争いでレオナルトが命を落としてしまい、アシュトンも魔神に取り込まれそうになった。あの時はさすがの私も焦ったわ。

でも私の内側から湧いてくる不思議な力によって、私はアシュトンに取り憑《つ》いていた魔神の魔力を制御した。そしてなんと、魔神をこの世から消滅させることも出来たのだ。

あの時の力って結局なんだったのかしら？　未《いま》だに分かっていない。

――というわけで、私はただの公爵令嬢とは思えないほどの濃い日々を過ごしてきた。

そんな私にだからこそ、ライマーは「お前は公爵令嬢だ」と言い聞かせてくるんだろう。時々言っておかないと、私がそのことを忘れると思っているのかしら？

しかし――。


「アシュトン！　私も連れてって！」


残念ながら、そうは問屋が卸さない。

私は前のめりになって、アシュトンに詰め寄った。

「なっ……！　お前またバカなことを！」

ライマーが私たちの間に割って入り、こう口うるさく続けた。

「どうしてただの公爵令嬢であるお前が、付いてくる必要があるんだ⁉　またアシュトンさんが迷惑がることをするつもりなのか？」

「なによ！　さっきから公爵令嬢公爵令嬢ばっかり言って！　それにアシュトンだって迷惑がってないわよ」

……多分。

でもこうなったら売り言葉に買い言葉だ。

それに……さっきの謎の声がどうにも気に掛かる。

その声の主は、どうしても他人のように思えないからだ。

私のことを心から案じてくれているようだった。そんな彼女に『付いていきましょう』と言われたんだから、無視出来ないわよね。

ただの幻聴という可能性も否めないけど――。

「この旅に付いていくと、彼女の正体も分かる……そんな予感がするのよね」

「なにを言ってるんだ、ノーラ？」

「なんでもないわ」

そう言って、私は話を誤魔化した。

どこからともなく女の人の声が聞こえた……なんて言ったら、頭がおかしくなったと思われかねない。

今は黙っておこう。

ライマーは私を説き伏せられないと悟ったのか、今度はアシュトンに助けを求める。

「ねえ、アシュトンさん！　ダメですよね？　ノーラはお留守番――」

「仕方ない。ノーラも付いてこい」

「ほら――ってア、アシュトンさん⁉」

「やったわ！」

と私は指を鳴らした。

「正気ですか⁉　こいつは遠征なんて初めてなんでしょう？　いつも衛生的な食事を出せるとも限りませんし、疲れも溜まってきます。だから……」

あら？

ライマーは色々言ってくるけど、もしかして純粋に私のことを心配してくれているのかしら？

こういう優しいところもあるから、どうしても嫌いになれないのよね〜。

「まあ……私もワガママを言っていると自覚しているわ。でも……」

私は自分の胸に手を当て、さらにぐいっと前に出る。

「アシュトンもライマーも、私の実力は知ってるわよね？　決して二人の足を引っ張らない。なんなら、二人がピンチになったら、私が颯爽《さっそう》と助けに入る！　——どう？」

「普通、こういう時に助けられるのは、公爵令嬢であるお前の方だと思うがな……」

呆《あき》れたようにアシュトンがそう言った。

一方、ライマーはガミガミと私にこう詰め寄る。

「とにかくダメだ！　新参者のお前がアシュトンさんと一緒に旅をするなんて、生意気すぎるんだ！　オレだって、今回が初めてだっていうのに……」

「あら、嫉妬してるのかしら？」

「し、嫉妬じゃない！」

「でも私、ライマーより強いわよね？　それなのにライマーは連れていってもらって、私はお留守番だなんて納得出来ないわ」

「うっ……それは一理あるが……」

ライマーは反論したいようだけど、ぐうの音《ね》も出ないよう。

「こうなったこいつを止めることは俺にも不可能だ。ライマーがノーラを心配する気持ちも分かる」

そう言うアシュトンの声は先ほどよりも弾んでいた。

「だ、誰がこいつなんかの心配を……」

「それに――」

アシュトンは不敵な笑みを浮かべ、私の顎を指でくいっと上げた。

「俺もノーラがいないのは寂しい。旅にお前が付いてくるなら、道中も退屈しないだろう」

「う、嬉《うれ》しいこと言ってくれるじゃない」

そう言って、私はアシュトンの手を払う。

うーん……こうされて、別に不快な気持ちにならないけど、不意打ちでやってくるからつい驚いちゃうのよね。

黒曜石のような色をした瞳。こんなキレイな目で見つめられると、なにもかも見透かされているような気分になる。

それにこの甘いマスク。さすがの私だってたじたじになっちゃうわ。

まあ最初の頃に比べたら、慣れてきたけどね。

「……まあ、一度こうして環境を変えてみるのもいいだろう。良薬――もしくは劇薬となるかは、不明だが……」

「アシュトン、なんか言った？」

「いや、なんでもない」

とアシュトンが首を左右に振る。

うーん、煮え切らない返答ね。内容はちょっと聞こえてたけど、意味がよく分かんないし。

……あっ、そうだ！

「カスペルさんも、やっぱり来ない？　四人での旅、楽しいことになると思うわ」

「お誘い、ありがとうございます。ですがやはり、長期間この家を空けるわけにはいきませんからね。お気持ちだけ受け取っておきます」

「そう……」

残念。

でも執事としての仕事を全うするカスペルさんも素敵だわ。お土産、いっぱい買ってきてあげよう。

「ああ、そうだ」

肩を落とす私の右手に、カスペルさんはなにかを握らせる。

それは掌《てのひら》サイズの小さな魔導具だった。

「これは確か……」

「ええ。遠くでも会話することが出来る魔導具ですね。もしなにかありましたら、これで連絡くださいませ。私の方からも連絡することがあるかもしれませんし」

それを聞いて、私はパッと気持ちが明るくなった。

「よかった！　これで遠征先でも、カスペルさんと話すことが出来るわけね。いーっぱい、旅のお土産話を聞かせてあげるわね！」

「楽しみにしています」

とカスペルさんは笑みを浮かべた。

「カスペル……ノーラがしばらくいないのには、お前も耐えられないということか」

「なんのことですか？」

「ふっ、とぼけるつもりか。まあノーラの魅力が他人に伝わるのは嬉しいことだが……惚《ほ》れるなよ？　ノーラは俺のものだ」

「ええ、それはもちろん」

アシュトンとカスペルさんがコソコソと話をしている。

でも私の位置からはよく聞こえなくて、首をひねるしかない。

なんだか二人して、内緒話が多いわね。まあ、アシュトンとカスペルさんも年頃の男だ。秘密の一つや二つは抱えているのだろう。多分。

「じゃあライマー。今回の遠征でもよろしくね」

「アシュトンさんが決めたことだから、文句は言わないが――あまり調子に乗るなよ？　お前はいつも無茶をするからな。オレが冒険者の先輩として、お前に旅の心得を……ってちゃんと聞いているのか⁉」

ライマーのお説教は長くてつまらないので、私はさっと顔を逸《そ》らした。

◆　◆

──というのが事の顚末《てんまつ》。

そして旅の途中で魔物の群れに出会《でくわ》したので、戦闘になってしまったわけね。

だけど。


「ふう、大したことなかったわね」


私たちの前には、魔物の死体がそこら中に転がっていた。

襲ってきた魔物は弱い個体ばっかりだった。それなのに私とライマーだけじゃなく、アシュトンもいるんだからね。正直オーバーキルだ。

「歯応えなかったわ。どうせなら、ドラゴンとか出てきて欲しいのに」

「ドラゴンなんて早々出てくるわけないだろ！」

ライマーがツッコミを入れる。

でもせっかくの遠征なんだから、ドラゴンに限らず、珍しい魔物と戦ってみたいというのは普通のことじゃないかしら？

「ねえ、アシュトン。あなたもそう思うわよね――って私の顔をジロジロ見て、なにニヤニヤしてるのよ」

「ノーラは相変わらずだと思ってな。普通の公爵令嬢なら、ゴブリン一匹に遭遇しただけでも大騒ぎだぞ」

「バカにしてるの？」

「褒めてるんだ」

褒めてるようには全然聞こえない。

まあアシュトンが楽しそうだから、別にいいけどね。

「無駄な時間を食っちゃったわね――さあ、出発しましょ！」

と私は目的地の方角へ指を向けて、そう高らかに告げた。

「どうしてお前が仕切ってんだよ！　ねえ、アシュトンさんもなんか言ってやってください！」

「ノーラの思う通りにやらせればいいじゃないか。それに随分と様になっている。もしかしたらノーラは、冒険者パーティーのリーダーとしての素質も持っているかもしれないぞ」

「アシュトンさんはノーラに甘すぎる！」

「あっ、それから……」

私はミニマムボアの死体に視線を移し、こう口を動かす。

「ミニマムボアの死体はいくつか馬車に積み込んどこうかしら。これ、食べると美味《おい》しいらしいのよ」

「普通の人でも魔物食には抵抗ある人が多いというのに、どうしてお前が――ってもう突っ込むのはやめた。疲れた」

ライマーが溜め息を吐く。

彼は呆れてるみたいだけど……こうやって、普段なかなか口に出来ない食材を食べるのも、旅の醍醐味《だいごみ》よね。

その機会を私がわざわざ逃すわけないわ！

ミニマムボアを氷魔法で冷凍保存しながら――私はこれからどんなことが待ち受けているんだろう？　と心躍らせるのであった。


私たちはそれから移動し続け、夜になったところで野宿をすることになった。

そしてお楽しみの晩ご飯タイムだ。

「美味しいわ！」

ミニマムボアの肉に舌鼓を打つ。

もちろん、このミニマムボアは昼間に倒した魔物である。

野宿ということもあって、本格的な調理は出来ない。

解体したミニマムボアを、魔法で起こした火で焼く。あらかじめ持ってきていた香辛料をさっとかけて、途中で摘んだ薬草を添える。

こんなシンプルな料理なのに、どうしてこんなに美味しいのかしら。

「随分と美味しそうに食べるな。普通は魔物食というのは、人によっては好き嫌いが分かれるところだというのに……」

「はって、ほんとうにおいひいんだもん」

もぐもぐもぐ。

「食べながら喋《しゃべ》るんじゃない！　全く……本当に公爵令嬢なのか」

ライマーは相変わらず、学校の先生みたいなことを言う。なんかこの旅の最中、彼には怒られっぱなしな気がする。

確かに、ミニマムボアの肉は独特の臭みがある。けどそれを我慢すれば、ろくに味付けしていないのに美味しいし、脂っこくなくて意外とさっぱりしているというのが所感だ。

それに慣れると、この臭みがやけに癖になる。

お腹《なか》が減っているというのもあるかもしれないけど……これならいくらでも食べられそう。

「でもどうせなら、ちゃんとしたところでこれを調理したかったわね。ハンバーグがいいかしら？　それともシチューに入れてみる……？　ジョレットに帰ったら、カスペルさんに料理してもらうのもいいかもしれないわね……」

夢が広がるわ。

そしてミニマムボアの肉もほとんど食べ終わり、私たちは今後のことについて話し合うことにした。


「というわけで――おい、ノーラ。随分と眠そうだな。ちゃんと聞いているか？」

「だ、大丈夫よ。心配しないで……」

とは返すものの、眠気がすごい。

調子に乗って、食べすぎちゃったみたいね。

「アシュトンさん、こいつは馬車の中で寝かせておきましょうよ。まあ……魔物とも戦いましたし、こいつも疲れているんでしょう」

と珍しくライマーが気遣ってくれた。

「まあそう言うな、ライマー。ノーラも大事な旅のお供だ。ノーラとだけ情報を共有していないのも、後々まずいだろう？」

「そりゃそうですが……」

ライマーは釈然としない様子ながらも、それ以上反論はしなかった。

「眠いけど、話は聞いてるわ。私たちが向かう場所はクロゴッズ。そこに各地から冒険者が続々と集まってきているのよね？」

「そうだ」

アシュトンが首を縦に振る。

「そこに行くため、明日はこの森を突っ切ることになる」

アシュトンは広げた地図に視線を移し、私にそう説明する。

「結構広そうな森ね。気を付けておくことは、なにかないのかしら？」

「いや、ここは魔物が棲息しておらず、ほぼ一本道だと聞いている。わざと道から逸れたりしない限り、迷う心配もないだろう」

「ふうん」

そう相槌《あいづち》を打つ。

「ここを抜ければ、クロゴッズまではもう少しだ。比較的平和な道中になると思うが……気を抜かずにいこう」

「分かったわ」

まあアシュトンに言われなくても、警戒を怠るつもりはなかったけどね。

それよりも……眠気がとうとう限界に達しようとしていた。

「よし、じゃあ今日のところは早く寝て、明日に備えましょう……ってノーラ⁉　お前、まさかここで寝る気か？」

話が終わったのを見届け、私は適当な地面で横になっていた。

「うん。だって野宿でしょ？　なにが悪いのかしら」

「お前は女なんだぞ？　しかも公爵令嬢だ。お前は馬車の中で寝ていろ。オレとアシュトンさんは、そのへんで寝るから……」

「あら、心配してくれてるの。ありがとう」

「だ、誰がお前を心配なんてするか！　オレは一般論を……」

顔を赤くして、ライマーが反論する。

その仕草がちょっと可愛い。

「ア、アシュトンさんからもなにか言ってやってください！」

「まあいいじゃないか。星を眺めながら寝るというのも、それはそれで風情があるぞ。寝ずの番は俺がするから、お前も寝ていろ」

「なに言ってんですか！　寝ずの番はオレが――」

アシュトンとライマーがなにやら喋っていたが、当の私はもう限界だ。

「ごめんね……アシュトン。二時間くらいしたら起こして……交代、するわ……」

「お前は朝まで寝ていろ。お姫様を守るのは俺の役目だ」

アシュトンの大きな手が私の頭を撫《な》でる……感触がした。

お姫様？　それって私のことかしら。

問いかけようとしたけど、もう意識は半分夢の中。アシュトンの手の感触が心地よかった。

そこからはあっという間。

完全に寝入ってしまったのだった。

◆　◆

「本当に寝ちゃいましたね……」

「ああ」

ノーラの寝顔を眺めながら、俺——アシュトンはライマーの言葉にそう返事をした。

「こうして見てると、ただのキレイな女の子にしか見えない。まあ、星空の下というのがちょっとあれですが……」

「くくく、ライマーよ。なんだかんだでノーラのことを『キレイ』と認めてるんだな？　こいつが起きている間に、それを言ってみろ。ノーラがどういう反応をするか見てみたい」

「い、嫌ですよ！　それに今のは言葉の綾《あや》といいますか……」

慌ててライマーが否定する。俺はその様子を見て、愉快な気持ちになった。

ライマーの言う通り、こうしているとノーラは普通の令嬢。魔物を前に堂々とした立ち回りをしたとは、到底信じられない。

「そ、そんなことより、アシュトンさん。ノーラが言っても聞かないから……って理由で、旅に付いてこさせたと言っていましたが、他にもありますよね？」

話を逸らしたかったのだろう——ライマーがそう問いかける。

「他とは？」

「理由のことです。あれだけでアシュトンさんが折れるとは思えないですから」

「ふむ……洞察力を身に付けたな。ライマー」

感心したので褒めてやると、ライマーは嬉しそうだった。相変わらず子犬みたいなヤツだ。

「……まあ、ノーラの好きな通りにさせてあげたいと思ったのは事実だ。こいつはレオナルトと婚約中、散々我慢させられてきたからな。せめて俺の前では……と」

「しかしいくらこいつが強くても、旅に同伴させるのはどうかと思います。こうして眠りこけているのも、疲れが溜まっている証拠でしょう。集中力がなくなって、足をすくわれないとも限りません」

「それも一理ある」

と俺は頷《うなず》く。

しかし俺には考えがあった。

「……気持ちを整理出来ると思ってな。お互いに」

「え?」

俺の言ったことがよく分からなかったのか、ライマーがそう聞き返す。

「いや――今言ったことは忘れてくれ。なんにせよ、こいつを危険な目には遭わせない。なにがあっても、俺がノーラを守る――そのためにはお前の力も必要だ。頼りにしてるぞ」

「は、はいっ!」

ライマーの元気な返事が夜の平原に響き渡った。

◆　◆

朝起きてから出発し、私たちは昨日言っていた森の入り口まで辿り着いたのだ。

「なんだか不気味な場所ね……」

足を止めて、私は二人にそう話しかける。

「そうか？　オレにはなんの変哲もない森に見えるが……」

とライマーが首をひねった。

「アシュトンはどう思う？」

「俺もノーラに同意──と言いたいところだが、ライマーと同じだ。特になにも感じない」

淡々とアシュトンは答える。

うーん……じゃあ、気のせいなのかしら？

森全体に魔力が漂っているように思える。しかも不思議な魔力で、こんなのは今まで見たことがない。

とはいえ、人が通らないところは、それだけで魔力が溜まる要因となる。無意識だけど、人間というのは魔力を吸収しているからだ。

もっともその量は極々少量で、魔法使いでもなければそれを利用することなんて出来ないけど……ね。

「中には魔物がいないのよね？」

「そうだな」

私の質問に、アシュトンがそう頷く。

「そんなことって有り得るのかしら？　魔物がこの森を避ける理由が思い当たらないわ」

「それもそうだが……大方、魔物が棲《す》むのに適した場所じゃないんだろう」

「んー、確かにそうね」

例えば――魔物といえども、そのほとんどは人間と同じように食べ物を摂取する。食べ物もないのに、わざわざこの森に棲みつこうとも思わないだろう。

だからアシュトンの言っていることは、特段おかしなことじゃないんだけど……。

「心配だから一応、索敵魔法を展開しておくわ」

「分かった。助かる」

◆　◆

「ん……これは――」

森の入り口で人間の気配を感じ、彼は顔を上げた。

「どうかされましたか、リクハルド様」

その隣に立つ少年が彼――リクハルドに問いかける。

「いえ……どうやら人間がこの森に入ろうとしているようです」

「そのこと自体は珍しいことではないのでは？　ここは近くの街への通り道。今まで何人もの人間が、この森を通過してきたでしょうに」

少年が不思議そうに首をかしげる。

しかしリクハルドは目を細め、その人間の気配――そして魔力を注意深く辿り始めた。

『心配だから一応、索敵魔法を展開しておくわ』

それと同時、人間の女が魔力を外に放出する。

「これは……っ！」

リクハルドは席を立ち、彼女の魔力に目を疑った。

（信じられない。いつかこの時が来るとは思っていましたが、まさかそれが今日だとは……）

何度も自分の考えを否定しようとするが、彼女の魔力を見れば見るほど確信は深くなっていく。

（しかし……非常に不安定な魔力です。彼女自身もまだ使いこなせていない――いや、この魔力の正体も知らないのでしょう）

ならば――彼女のことが心配だ。

「彼女と話をしてみましょう」

リクハルドがそう一言告げると、少年は驚いた表情を見せる。

「なっ……⁉　本気ですか？」

「はい、今から森の結界を解きます。エイノ――あなたはここ、ここの入り口で、その者たちの案内を」

「し、しかし……」

「エイノ」

少年――エイノの名をリクハルドが強く口にすると、彼はさっと頭《こうべ》を垂れ、

「……はっ！　承知いたしました」

きびきびと返事をした。

「おそらく、彼女たちはあなたを警戒するでしょう。だから……」

とリクハルドがそれを伝えた後、エイノは目の前から霧のように消えてしまった。

「なにごともなければいいのですが……」

と窓の外を眺めるリクハルドの表情は、不安に満ちていた――。

◆　◆

索敵魔法を展開しながら、私たちは森の奥に進んでいく。

「どうだ？　なにか感じるか？」

馬車を引きながら歩いていると、アシュトンが私にそう問いかけてきた。

「相変わらず不思議な魔力は感じるけど……魔物の類は見つからないわね」

いたとしても小動物や鳥くらいだ。

「私の考えすぎかしら？」

「いや、用心しすぎるのは悪いことじゃない。こういう場所はなにが起こるか分からないからな」

とアシュトンが真剣な声音で言う。

「ライマーも少しは見習え」

「は、はいっ！」

ライマーが姿勢を正して、きびきびと返事をした。

ほんっと、アシュトンの言うことだったら、飼い犬みたいに聞くわね。

私が同じことを言っても、聞く耳を持たないだろう。

「そうじゃなくとも、薄暗くて足元が見えづらいからな。躓《つまず》くんじゃないぞ」

「ありがと。でも大丈夫よ。こんなところで転《こ》けたりなんて……えっ⁉」

喋っている途中。

アシュトンが私の肩を摑《つか》み、そっと自分の体に抱き寄せた。

「ダメだ。転んでそのキレイな顔に傷が付いたら、どうするつもりだ」

「ちょ、ちょっと！　その……歩きづらいじゃない！」

……とは言うものの、こんな感じで身を寄せられると、さすがの私とて心臓が爆発してしまいそうになる。

彼の温《ぬく》もりが伝わってくる。こうしていると、彼の息遣いがはっきりと分かった。

アシュトンは私の婚約者。

だからこんな風に触られても不快じゃないんだけど……不意打ちでされるのは、まだまだ慣れないのよね。

そんなわけでドキドキしながら、森の奥へと進んでいると……。

「霧が出てきましたね……？」

最初にそれを指摘したのはライマーだった。

気付けば、辺りに白い霧が立ち込め、視界が見えにくくなっていたからだ。

「そうだな……」

そこでアシュトンは足を止める。

「気になるな。なにかがおかしい」

「そんなに気にすることかしら？　別に前が見えないってわけじゃないんだし」

「そうかもしれんが——っ⁉」

アシュトンが後ろを振り向く。

すると。

「道が消えている……？」

彼に続いて後ろを向くと、私たちが今まで歩いてきた道が忽然《こつぜん》と消えていて、鬱蒼《うっそう》と草木が生い茂っていた。

「おかしいわ。ここってほとんど一本道だったのよね？」

「ああ」

アシュトンの声には警戒と緊張が含まれていた。

さっきまで、私を抱き寄せていた彼の表情から一変している。

「オレたち、迷ってしまったんですかね？」

さすがのライマーも不安そうに表情を曇らせる。

「いや……それについては気を付けてきた。いくら一本道とはいえ、非常の事態が起こり得ると考え、通過した木に目印も付けていた。しかし……」

アシュトンは周りの木々を確認して、こう首を横に振る。

「なくなっている……まるで全く違う森に来てしまったみたいだ」

「全く違う……」

彼の言ったことを鸚鵡《おうむ》返しする。

「取りあえず、進んでみようかしら？　このままここにいても、仕方がないんじゃない？　歩いてきた道はなくなっているけど、前方には道が続いているんだし……」

「だ、だが！　こういう時はあまりジタバタしても、余計に事態を悪化させる。まずは冷静にものごとを分析すべきでは？」

とライマーが反論する。

だけど。

「それだけじゃないわ。この先に不思議な魔力の出どころがある気がするのよ」

「ノーラが森に入る前から言ってたことか」

「うん」

「……まあノーラが言うことにも一理ある。取りあえず、前に進んでみるか。なにか手掛かりが掴めるかもしれないしな」

そうして私たちは再び歩き出した。

森の奥に進んでいけばいくほど、霧が濃くなっていく。さらに辺りに漂う魔力の量が、徐々に増えていく感覚もあった。

もしかして……私、判断を誤ったかしら？

一瞬、そんな考えが頭をよぎった時だった。


――『大丈夫。この魔力に敵意はないから』

と女性の声が頭の中に聞こえてきた。

「なにか気になることでも見つけたか？」

アシュトンが私にそう問いかける。

「い、いえ……声が聞こえた気がしたのよ」

「声？」

「ええ。『大丈夫』って――でもきっと空耳だと思う。気にしないで」

「……？」

アシュトンが不思議そうな顔になった。

さっきの声……私がアシュトンに遠征のことを聞いていた時に、頭に響いたのと同じだったわよね？

一体なんなんだろう……。

でも不思議とその声を聞いていると、不安が霧散していく。心がぽかぽかと温かくなっていった。

この声の正体も、早いところ解き明かさないとダメね。

そんなことを考えつつも、注意しながら歩いていくと——突如、森を包んでいた霧が消えた。

しかしその代わりに——周囲の木々が緑色に淡く光っていたのだ。

「え、え？」

突然のことに、私は混乱するばかり。

「どういうことだ……？　なにが起こってる？」

「や、やっぱりここってヤバい場所なんじゃ⁉」

アシュトンは身を低くし辺りを警戒し、ライマーは剣を抜いて声を震わせた。

視界が開けたのはいいことだけど……急な出来事に戸惑いの方が大きい。

私たちが今の状況を理解出来ないでいると、

「お待ちしていました」

そんな声と同時に、前方の道の真ん中に光が出現する。

そしてそれは人形《ひとがた》を取り、やがて一人の少年が私たちの前に姿を現したのだ。

「お前は何者だ？」

アシュトンが明確な敵意を込め、突如現れた人物を射貫《いぬ》くように睨《にら》み付《つ》ける。

だけどその少年は表情一つ変えず、

「すみません。急な出来事で驚いたでしょう。しかし私たちは決してあなた方に危害を加えるつもりはない。どうか剣を下ろしていただけませんか？」

と言葉を続けた。

しかし口でそう言われても、私たちが警戒を解くまでには至らなかった。

冷静に少年の容姿を観察する。

年齢は十歳くらいだろうか？　ふわっとした金色の髪に、整った顔立ち。無表情なところが、さらに彼の人形のような美形っぷりに拍車をかけていた。

そして彼のとある特徴に目がいき、私は反射的にこう口を動かしていた。

「もしかして……あなたはエルフ？」

「はい」

私の問いに、彼は首を縦に振った。

「エルフだと……？　そんなバカな」

アシュトンもまだ信じきれていないよう。

だが、彼がこう思うのも仕方がない。

エルフは他の種族から離れて暮らし、独自の生活圏を築いている種族である。

その見た目は人間には近いものの、私たちより遥《はる》かに寿命が長く、さらに内包している魔力量も多いと聞く。

しかし反面繁殖力が弱く、徐々にその数を減らしていっている……となにかの本で読んだことがあった。

「確かに……耳が尖《とが》っているな。だが、それくらいならなんとでも出来るんじゃないか？」

ライマーがそう疑問を挟む。

エルフの外見的特徴――それが彼の言った通り、尖った耳にある。

この耳のことは一部の間で『エルフ耳』と呼ばれ、数多くの創作にも登場していたりする。

これを見て、私は少年のことを「エルフじゃないか？」と思ったわけである。

「仮にエルフだという話が本当だとしよう。しかしエルフが俺たちになんの用だ？」

アシュトンはいつでも剣が抜けるように、腰付近に手を持っていったまま、少年に問いかけた。

「私たちの村に案内したいと思います」

「村に？　ますます訳が分からん。エルフは争いを嫌うため、他の種族と今まで接触してこようとしなかったじゃないか。それなのにどうして今更……」

「私たちの長《おさ》が、あなたたち――特にその女性と話がしたいそうなのです」

「わ、私？」

急に指名されて、つい自分を指差してしまう。

「なんでエルフの長が私なんかと話を？」

「そのことは長から聞いた方がいいかと。しかし一つだけ——こう言っていました。『あなた自身の魔力に興味はないか』……と」

「——っ！」

それを聞いて、私は言葉に詰まってしまう。

先日、私たちは魔神騒ぎに巻き込まれた。そしてその時、不思議な魔力のおかげで窮地を脱していた。

結局あの魔力の正体は摑めずじまいだったけど……ずっと心にしこりを抱えたままだったのだ。

「そのエルフの長だったら、私の魔力も説明出来ると？」

「おそらく、そうだと」

「…………」

一頻《ひとしき》り考え込む。

「アシュトンとライマーはどう思う？」

「怪しいな」

「やめといた方がいいんじゃないか？」

うーん、二人もあまり乗り気じゃないみたい。

「だが、しかし――」

とアシュトンは不遜に腕を組み、こう続けた。

「もし敵意があった場合は、わざわざこんな風にエルフ一人だけを遣わす必要がない。見えないところから魔法で攻撃すればいいだけだからな。それなのに、こうして顔を出したというのは……敵対する意思はないんじゃないか」

「はい。あなたたちと敵対するつもりは毛頭ございません」

相変わらず無表情のままで、淡々と答えるエルフの少年。

「それに俺たちをこんなところに迷い込ませたのも、大方エルフの力だろう。このままでは俺たちは森から出られん。エルフの村とやらに招いてくれるなら、いっそ付いていくのも一つの手だろうな」

「そうよね……」

「ノーラのしたいようにすればいい。俺はなにがあっても、お前を守るだけだ」

真剣な眼差《まなざ》しで、アシュトンが私を見てくれる。

透き通った瞳。

こうやって、キレイな顔と瞳で見つめられると……不思議と安心感を覚えるのよね。

……よし、決めた。

「行きましょう。私の魔力について教えてくれるっていうなら、一度話を聞いてみても損はないと思うから」

「分かった。そうしよう」

「オレはアシュトンさんが良いなら、問題ない」

アシュトンとライマーもそう納得してくれた。

「ありがとうございます」

とお礼を言う少年の声には、安堵《あんど》の感情が含まれているように思えた。

「では、村まで案内しましょう。こちらです」

歩き出す彼の後に、私たちは付いていく。

「そういえば、あなたって名前はなんていうのかしら？　あっ、私はノーラっていうのよ」

「エイノです」

そう短く答える少年——エイノ。

「エイノ……ふうん、良い名前ね」

彼はこちらを一瞥《いちべつ》してもくれない。別に嫌われてるわけじゃないと思うけどね。なんとなく、元々こういう性格な気がした。

ともあれ——こうして、私たちはエルフの村に招待されることになった。


道を進んでいくと、辺りで小鳥の鳴き声も聞こえだした。

さっきのような霧もないし、入り口から感じていた不気味さもすっかり感じなくなっていた。

そしてやがて村に到着し――。

「ここが私たちの村です」

エイノはそう言って、立ち止まった。

私は村の風景を眺めて、こう声を上げる。

「キレイな場所なのね！　アシュトンとライマーもそう思わない？」

「ああ、そうだな。ここまで美しい場所は、なかなかお目にかかれないだろう」

「ここが……エルフの村」

二人は周囲を眺めながら、感嘆の声を漏らしている。

そこは幻想的な場所だった。

今私たちがいる場所は広場のようになっているんだけど、中央に噴水がある。

しかし噴水は宙に浮いており、緑色の光る水を出していた。

どういう仕組みなのかしら？

他にもどうやって動いているのか分からないものが、多数置かれていた。

なんだか玩具箱みたいな場所。

でも不思議と調和が保たれており、いくら眺めても飽きなかった。

「おい、あれ……」

「リクハルド様が招待したらしい。人間を招き入れて、なんのつもりだか……」

「ボク、人間なんて見るのは初めてだ」

……なんだろう。

視線をひしひしと感じる。

村にいるエルフたちが遠巻きに私たちを眺めて、コソコソ話をしているのが気になった。

「なによ。言いたいことがあるなら、私の前まで来て言ったらいいのに」

「まあそう言うな。なにせ、人間がここに来るのはなかなかない――いや、もしかしたら初めてのことかもしれないからな」

アシュトンが私の頭をポンポンと軽く叩きながら、そう言う。

「ノーラはいつも好き勝手に動くからな。ここでは勝手なことは……ってお前⁉」

とライマーが忠告するよりも早く、私の足は近くの露店に向かっていた。

「こんにちは。これはどうやって使う商品なのかしら？」

「え、に、人間？」

そこの店員に話しかけると、彼は露骨に驚いた表情をした。

でも商売人としてスイッチが切り替わったのか、咳払《せきばら》いを一回してからこう続ける。

「あ、ああ。これは魔導具。魔力を流し込んでやれば……」

「わあ！　光ったわ！　キレイね」

「家のインテリアとして使われることが多いな」

その魔導具は正方形。サイズは私の掌に載るくらいで、一定時間ごとに光の色が変わっていく。

しかも宙にも浮くみたいだし、お洒落《しゃれ》な商品だわ。

「素敵！　これってもしかして、あなたが作ったのかしら？」

「そ、そうだ。俺は魔導具師でな。自分で作ったものをこうして売っているんだが……まさか人間にそんなことを言われるとは思ってなかった」

「そう？　誰が見たって、すごい商品だと思うんだけど……」

私はそう首をかしげる。

最初は私に警戒心を募らせていた彼だったが、次第とその表情が明るくなっていく。

「欲しいわね。カスペルさんへのお土産に丁度いいと思うし……」

「よかったら、タダで譲ってやる」

「いいの⁉」

「ああ。どうせ大した商品じゃなかったしな。それに……自分のところの商品を素敵と言われて、気をよくしないエルフはいない。人間っていったら、悪魔みたいなもんだと教えられてきたが——どうやらそうじゃないらしいな。お嬢ちゃんと話していたら、毒気が抜けてしまうよ」

「うーん……でもお金もなにも払わないで貰《もら》うのは、なんだか気が引けるわね」

「人間の間で流通しているお金を貰っても、なにも嬉しくないよ」

と彼は肩をすくめる。

でも。

「はい」

財布から金貨を一枚取り出して、彼の手に握らせた。

「人間のお金はここでは価値がないかもしれない。でもだからこそ貴重でしょ？　これでこの商品を買うわ」

「お、おお。ありがとう。なかなか面白い作りをしてるんだな。金の含有量が高くて……」

店員は私があげた金貨を、四方八方から興味深そうに眺めている。

気に入ってくれたようで、なにより。

「ノーラ」

後ろからアシュトンに声をかけられ、振り返る。彼の隣にはライマーとエイノもいた。

「随分と楽しそうだったな。なにを買ったんだ」

「これよ。私たちの暮らす街では、なかなか見かけないものじゃない？」

「ふむ……これは面白い。エルフのこういった魔法の技術力と知識には、目を見張るものがあるな」

魔導具を興味深げにジロジロ眺めて、そう口にするアシュトン。

「ライマーも、もっと楽しみなさいよ。さっきから肩に力が入りすぎよ？」

「あ、当たり前だろう。こんなに周りから敵意を向けられて、落ち着いてなんていられない……」

「損な性格をしているのね……」

「そんなに憐《あわ》れむような目でオレを見るな！　オレの方が変みたいじゃないか！」

「ふふふ」

騒ぐライマーを見ていたら、自然と笑いが零れてしまった。

「エイノもごめんね。勝手なことをして――」

「構いません。こちらの都合でわざわざご足労いただいているのです。あなたの行動を咎《とが》める権利は、私にはありませんよ」

そう言うエイノの表情は、村に入る時よりも柔らかく見えた。

そうして村の風景に目を奪われていると、

「――ようこそ、楽しんでいただけているようでなによりです」


という声と共に――目の前のなにもない空間に突如として光が出現。

その光は人形の輪郭を成していき――やがて一人の男性が私たちの前に現れたのだ。

「あなたは？」

私はそう問いを投げかける。

エイノと同じ金色の髪。長さは地面に付きそうなくらい。

エルフ耳の特徴もあるし……どうやら、彼もエルフのようね。

冷たさを感じるほどの美形。でもそれでいて、穏やかな雰囲気も身に纏《まと》っている。なにを言っても受け入れてくれそうな優しそうなエルフだ。

「初めまして、私はリクハルド。この村の長をしています」

彼――リクハルドさんは落ち着いた声音でそう言った。

「初めまして。私はノーラよ」

「アシュトンだ」

「ライマー」

私たちはそう順番に自己紹介をする。

ライマーは警戒と緊張のためか、随分と顔が強張《こわば》っていたけどね。

「それで……なんのつもりだ？　こんなところに俺たちを連れてきて――それにノーラと話がしたいと言っていたな」

とアシュトンが探るような口調で質問すると、

「……すみません。強引だったとは思います。しかし彼女――ノーラさんの魔力がどうしても気にかかり、一度お話させてもらいたいと思った次第です」

リクハルドさんはそう答えた。

「このままではノーラさんの身に危険なことが起こるかもしれません。だからきっと、これはノーラさんのためにもなる」

「私に危険なこと？　それって一体……」

いてもたってもいられなくなり、私がそう質問を挟む。

「ここでは話しにくいですね。それに……見せたいものもあります」

「見せたいもの……？」

「はい、どうか私の屋敷まで来てください。そちらの方が説明がしやすいですから」

彼の言葉を聞き、私はアシュトンたちに視線を移す。

「アシュトンはどう思う？」

「……確かに少し怪しさも感じる。しかしこのままではノーラの身に危険なことが起こるかもしれない――そう聞いたら、タダで引き返すことも出来ないな」

とアシュトンは顎に手をやって、思案する。

「……ノーラが良いと思うなら、俺は良いと思う。危なくなったら、すぐに引き返せばいいしな。それに……このリクハルドからは敵意を感じられない」

「じゃあ、行きましょう。ライマーもそれでいいわよね？」

「あ、ああ」

ライマーもそう首を縦に振る。

色んなことがいっぺんに起こりすぎて、頭がどうにかなっちゃいそう。

しかし――私はリクハルドさんの話を聞かなければならない。

何故か、そういう気分になっていた。

「では、案内いたしましょう。エイノも屋敷までは付いてきてください」

「承知しました」

リクハルドさんの指示に、エイノはハキハキとした声で答える。

「あ、あのー。彼は……」

「ああ。エイノは私の近衛兵《このえへい》をやってもらっています。とはいえ、この村の中では争いごとも少ないですし、外からの侵略なんて言うまでもない。だから、ほとんど私の身の回りのお世話をやってもらっていますがね」

とリクハルドさんは苦笑する。

一方、エイノはそれを聞いても表情を一切変えない。なんかこういうところはカスペルさんに似てるかもしれない。

「くすっ」

「……なにか？」

「ごめんなさい。あなたに似てる人を、ちょっと思い出してね」

私がそう言うと、エイノは首をひねった。

——こうしてリクハルドさんの後に付いて村の中を歩いていると、意外と広い場所であることが分かった。

「森に入ってしばらくすると、霧が立ち込めた」

歩きながら、アシュトンがリクハルドさんに話をする。

「あれはどういうカラクリだ？　そして……道から逸れていないのに、いつの間にか俺たちはこんなところに迷い込んでしまった。あれも大方、お前らのせいなんだろう？」

「はい、その通りです」

リクハルドさんは柔らかい口調で、こう続ける。

「森には常時、結界を張っています。これがある限り、普通の人間はここに辿り着くことが出来ません。しかしノーラさんと一度話をしてみたかったため、私が一時的に結界を解いたのです」

「なるほど……な。つまりただの一本道だと思っていたことが、異常だったというわけか」

「そういうことです」

森に入る前、私は違和感を抱いた。

それもリクハルドさんが張っていた結界を感知したためだろうか。違和感の正体までは気が付かなかったけどね。

「ということは……森の中に魔物が棲息していないってのも、あんたらのせいなのか？」

今度はライマーが問いかける。

「はい。結界には魔物避けの効果も含まれています。魔物は私たちの平和な森に、必要ないですから」

……さりげなく言ってるけど、この村を秘匿する効果。さらには魔物避けも出来る結界をずっと張っておくなんて、並大抵のことではない。

エルフというのは魔法に長《た》けた種族だと聞いていたが、それをあらためて実感した。

でも。

「そこまでして人間や魔物が寄り付けないようにしているのは――やはり、他種族との接触を避けるためなのかしら？」

「そうです」

リクハルドさんの声はより一層真剣味を帯びる。

「ご存じかもしれませんが、エルフという種族は繁殖力に劣り、徐々にその数を減らしていっている。魔法には長けていますが、人間や魔物との争いに巻き込まれれば一溜《ひとたま》りもありません」

それは私も学院時代にいくつかの文献を読んで、知っている。

昔、戦争が起こった時――戦火に巻き込まれ、多くのエルフの命が散ったことも。

さらには戦争の道具とされ、半ば奴隷のような扱いを受けていたという酷《ひど》い話も聞いたことがある。

「だからこのような結界を張って、村に引きこもっている。それはあなたたち人間から見たら、愚かなことかもしれません。しかし……」

「そうは思わないわ」

私がそう言うと、リクハルドさんは驚いたように一瞬目を大きく見開く。

「だって、あなたたちなりの事情があるんだもの。私たちがとやかく言う問題でもない。でもそんなことがあるのに、私たちを村に招き入れてくれてありがとうね。その誠意は受け取ったわ」

「こちらこそ、ありがとうございます。まさかそのようなことをおっしゃっていただけるとは思わず、驚きました」

とリクハルドさんがふんわりと笑った。

こういう表情もするのね。こっちの方が私も好き。

「無理やり、ここに連れてこられたというのに……ノーラは優しいな」

「ただのお人好《ひとよ》しなんでしょ」

アシュトンとライマーもそう言葉を挟んでくる。

「別にリクハルドさんも、なにもないのに私たちをここに招待したわけじゃないんだから、そんなこと言わないの」

そんな二人を私は軽く嗜《たしな》めるのだった。


「なるほど……魔物の一斉討伐ですか。だからこの森を抜けようとしていたわけですね」

屋敷に行くまでのちょっとした時間だったけど、私はすっかりリクハルドさんと打ち解けていた。

「うん、そうなの。だから、まさかエルフの村にお呼ばれするとは思っていなかったわ」

そんな私の様子を、後ろからアシュトンとライマーが眺めているのが分かった。

こんな短時間でどうして、そんなに仲良くなれるんだ……なんて声も聞こえてきたけど、リクハルドさんと話をしてたら気持ちよくなってくるのよね。

彼が聞き上手だからかしら？

ちなみに——その間、エイノはひたすら黙って周囲に目を配っていた。

多分、とても責任感の強いエルフなのね。リクハルドさんをお守りするという強い意志を、ひしひしと感じ取った。

「さて——楽しい会話の最中ですが、もう少しで私の家に到着します」

それからしばらく歩いた後、屋敷の前でリクハルドさんは止まった。

村の中で一際大きい建物。だけど幼い頃から、これ以上に大きい建物はいくつも見てきたので、今更驚かない。

なんなら村の長なのに、意外とこぢんまりした場所に住んでるのね……と思ったほどだ。

そんな感想を抱きつつ、リクハルドさんの後に付いていき屋敷の奥に進んでいくと……。

「この部屋は書庫になっています。この中にノーラさんたちに見て欲しいものがあります」

「ようやく……ね。じゃあ、この中でお話ししましょうか」

「はい。エイノは外で待機していてくれますか？」

「承知しました」

とエイノは淡々と返事をして、扉の横に直立不動の体勢で立った。

それを横目で見つつ、私たちは書庫に足を踏み入れる。

そして……。


「わあ……すごいわ！」


そう感嘆の声を漏らす。

四方が本棚に囲まれている。

本棚は高く、天井まで届いているようだった。上に視線を移すと、なんと天井にも本棚がある。

でも本が落ちてこない。どういう仕組みなのかしら……エルフの村は不思議なことでいっぱいね。

「気に入っていただけたようでなによりです。ノーラさんは本が好きなのですか?」

「ええ! 特にロマンス小説が好きなのよ!」

「ノーラは意外と博識だからな。いつもの型破りな行動で忘れがちになるが……」

テンションが上がっている私を見て、アシュトンがそう苦笑した。

「ここにはロマンス小説はあるのかしら?」

「いえ、ほとんどが歴史書や魔法書になります。小説のようなものは、あまり置かれていませんね」

「そう……」

がっくりと肩を落とす。

「うぅ……オレは本が嫌いだ。本を見ると眠くなってくる」

後ろを振り返ると、ライマーが大量の本を前にして目を回していた。

「あら、あなた。いっつも私のことをオークだとか、はしたないとかバカにするくせに、本の一つも読めないの?」

「読んでたら……なんか眠くなってきてな。読むだけでもこうなるのに、これを書いてるヤツはどんな化け物なんだ……?」

まあ本を読んでるライマーなんて、想像しにくいからね。

「それで話って?」

「まずはこちらをご覧ください」

リクハルドさんが指を鳴らすと、天井の本棚から一冊の本が飛び出した。

それはゆっくりと落ちてきて、やがて私の手元におさまる。

「『失格王子と聖なる魔女の悲恋』……？」

と私は本のタイトルを読み上げる。

「ええ、そこには大昔の――この国で起こった、とある事件について書かれています。一から読むのも時間がかかるでしょう。そこに書かれていることを、掻《か》い摘《つま》んで説明させてもらいますね」

そう言って、リクハルドさんはすらすらと語り始めた。


大昔――あなたたちが生まれるよりもずっとずっと前の話。

この国には七人の王子がいました。

その中で最も優秀だと言われていたのが第七王子。彼はとても聡明《そうめい》で剣の腕も一流だったそうです。

さらに民からの人気も非常に高く、第七という低い序列ながら、彼を次期国王にと推す声が多くありました。

そんな彼には結婚を誓い合った恋人がいました。

その恋人は宮廷魔導士として王宮に仕え、そこで第七王子と出会ったと聞きます。

彼女には不思議な力がありました。

魔物や邪悪な魔力を制御し、かつ消滅させることが出来るものです。そして不思議なことに――

彼女の魅力に取り憑かれたように——邪悪なる者たちは逃れることは出来ず、それどころか吸い寄せられるように、彼女へ集まっていったとも聞きます。

そしてそんな彼女のことを、人々はこう言います。

聖なる魔女——と。

彼女は容姿にも優れており、道を歩けば多くの男性の視線を集めていたと聞きます。

優秀な王子と可憐《かれん》な魔女。

そんな二人の行く末は幸せで満ちている——はずでした。

しかしここで雲行きが怪しくなります。

第七王子の罪が、白日の下に晒《さら》されたのです。

彼は国家転覆を謀り、国内の貴族たちを纏めあげて、革命を起こそうとしていたのです。

最初は誰も信じていませんでした。

次期国王がどうしてそんなことを——と。

しかし国というものは一人で動かすわけではありません。民衆の意見を無視すれば反乱の危険性が増しますし、臣下をないがしろにすれば不満が溜まります。

ゆえに——仮に国王の座についたとしても、自分の好き勝手に出来るわけではありません。

第七王子はそれが気に入らず、自分の取り巻きだけを重用し、都合のいいように国を動かそうとしていたのではないか……人々はそう噂《うわさ》しました。

他の王子たちが団結し、彼を断罪しようとします。ジワジワと第七王子は追い詰められていきます。

そして第七王子の抵抗も虚《むな》しく、彼の死罪が決まってしまいます。

処刑台に登っても、彼は自らの無実を訴え――そして恋人である聖なる魔女の身を案じていました。

しかし無情にも第七王子の首は切り落とされます。

そして程なくして、聖なる魔女も姿を消しました。その後、彼女の姿を見たものは誰もいないと記録に残っています。

そんな第七王子のことを、後世の人々はこう呼びます。

失格王子――と。

さて、本来ならこれで物語は締め。

しかし第七王子はこれで終わりませんでした。

彼は魔神として生まれ変わり、世界を恐怖一色に染めあげたのです。


「ま、魔神⁉」

リクハルドさんから衝撃の真実を聞かされ、私は前のめりになって詰め寄る。

「はい。ノーラさんは魔神のことをご存じですか？」

「知ってるもなにも……」

私は彼に説明する。

先日、とある伯爵令嬢の器を破って、魔神がこの世に顕現した。

しかし私たちが力を合わせ、なんとか魔神を消滅させてことなきを得た——と。

それを話すと、リクハルドさんは目を大きくした。

「そんなことが……でしたらやはり、こうして私たちが出会ったのは神の導きかもしれませんね」

「お前が言っていることは本当なのか？　俺は昔から魔神伝承についても調べていた。かつての第七王子が魔神になったとは初めて聞くが……」

アシュトンがそう口を挟む。

彼も同じ第七王子。色々と思うところがあるのかもしれないわね。

アシュトンの質問に、リクハルドさんは首を縦に振る。

「はい。あなた方が知らないのも無理はありません。なにせ、かつての王族が魔神になったというのは、国としても隠しておきたい事実なのでしょう。その記録は抹消され、不都合な事実は握り潰された」

「だが、何百年——時には何千年も生き、人間社会からは離れて暮らしているあなたたちエルフは、魔神伝承の真実を知っていた——ということか」

「その通りです」

とリクハルドさんは神妙な面持ちで頷く。

……なんだか信じられない。

でもリクハルドさんが嘘を言っているとは思いにくい。

「失格王子と聖なる魔女……ねえ」

どうして聖なる魔女は彼が死んでから姿を消したのかしら？

彼女は一体どこに？

それに魔神として復活した彼のことを、どう思っているんだろう。

疑問は深まるばかりである。

「んー……」

「どうした、ノーラ？」

聖なる魔女について考えていると、アシュトンが心配して声をかけてくれた。

なんかさっきの話、聞いてて違和感があるのよね。一体なんなのかしら……。

でもこれ以上考えても、答えが出そうにないわ。一旦保留ね。

それに。

「どうして、私たちにこの話を聞かせたのかしら？　私たちが魔神に遭遇したことは、知らなかったのよね？　それに私の魔力が気になるって言ってたけど……」

「お、おい、ノーラ。そんなに矢継ぎ早に質問するなよ。リクハルドさんが困るだろう」

ライマーが私をそう嗜めるが、リクハルドさんがそれをさっと手で制す。

「構いません。それに——その質問にはまとめて答えられます。ノーラさん——あなたの魔力を見せてもらえますか？」

「分かったわ」

リクハルドさんが私の額に右手を近付ける。

私は目を瞑《つぶ》り集中して、魔力を外に放出した。

魔力の光が書庫を包む。

そして魔力の放出を止めて目を開けると――、

「やはり……」

リクハルドさんは腕を引っ込め、思案顔でこう続けた。

「あなたの魔力に聖なる魔女を感じます。きっとあなたの中に――聖なる魔女の魂が眠っている」

――聖なる魔女の魂が眠っている。

思いもしないことを言われ、私は戸惑いを感じていた。

「ど、どうして私の中に聖なる魔女の魂が……？」

「理由は分かりません。しかしあなたの話を聞くに、失格王子――魔神の魂はブノワーズ伯爵家の子どもへ。そして聖なる魔女の魂は、あなたの中へ――これには運命を感じざるを得ませんね」

「エリーザと一緒……ってことよね」

あの時、魔神がなにかを言いかけたことを思い出す。

『なんだ、この力は。まさか貴様は聖なる――』

今思えば、あれは聖なる魔女って言いたかったってこと？

魔神にとって最愛の恋人。

その恋人と同じ力があったから、私は魔神を消すことが出来たのかしら。

そしてなにより。

「聖なる魔女はなにを考えているのかしら？　あの時——私に力を貸してくれたのが聖なる魔女なら、彼女は自らの手で愛する人を葬ったということだわ。それに——」

もし、聖なる魔女の力が悪《あ》しきものなら？

いつか『私』という容《い》れ物《もの》を破って、大昔の魔神のように暴れ回るかもしれない。そうなったら世界は……。

しかしリクハルドさんは私の懸念を否定するように、こう首を左右に振った。

「現段階では、私も聖なる魔女の目的が分かりません。しかし——声は聞こえませんか？」

「声？」

「聖なる魔女は確かにあなたの中で眠っている。ならばあなたになにか、語りかけてきてもおかしくありません」

「そういえば、俺が魔神の邪念に囚《とら》われた時も、ヤツの声が聞こえたな。それと同じようなことがノーラにも……ということか」

アシュトンが思案顔でそう口にした。

声——。

「あっ」

そこまで言われて、私はようやく思い当たる。

『ノーラ、付いていきましょう！』

『大丈夫。この魔力に敵意はないから』

この旅に付いてくることになったきっかけ――そして森に入って、不安を覚えていた時――私には声が聞こえていた。

もしかしたら、それが聖なる魔女だったのかしら？

「どうしたんですか、ノーラさん。なにか思い当たることでも……」

「実は……」

私はリクハルドさん――そしてアシュトンとライマーに、不思議な声のことを伝える。

するとリクハルドさんは顎に手を当て、

「なるほど……そんなことが。確実ではありませんが、その内なる声が聖なる魔女である可能性は高そうです」

と言った。

「どうしてそんな大事なことを、今まで言わなかったんだ」

「頭が変になったって思われたくなかったのよ」

アシュトンが少しだけ非難するような口調で言ってきたので、私はそう返す。

「まあ……このことを聞かなかったら『またノーラが変なことを言ってる』って、オレは思ってたかもしれないな」

ライマーのまたという言葉が引っかかったが、いちいち突っ込んでられないので聞こえない振りをする。

「しかしそれを聞く限り、聖なる魔女が悪意を持っているとは考えにくいですね」

リクハルドさんはこう続ける。

「それどころか、あなたをフォローしているような……」

「うーん、そうなのよね」

ますます彼女の考えていることが分からなくなった。

「とはいえ——それで全てが安心とは限りません」

「どういうこと？」

「あなたが聖なる魔女に呑《の》まれてしまう可能性があるということです」

リクハルドさんはさらにこう続ける。

「聖なる魔女の力は強大です。現段階では、ノーラさん——そして世界に仇《あだ》を成す可能性も低いでしょう。ですが、聖なる魔女の強大な魔力に呑まれ、ノーラさんが壊れてしまうかもしれません」

「それって……」

「ええ――一生覚めない眠りにつくことになるでしょう」

「つまり……」

死ぬ――。

その言葉が浮かんできて、背筋に寒気が走った。

「これが――私があなたをここまで呼んだ理由です」

「私のことを心配してくれてるってこと？　でも見ず知らずの私に、どうしてそこまで――」

「失格王子と聖なる魔女の話は、私たちエルフの間で言い伝えとして代々受け継がれてきました。そして聖なる魔女の器が現れた時、その者に助言を授け、二度と大昔の悲劇を繰り返さないように――と。あなたという器が壊れた場合、聖なる魔女が世に解き放たれます。その時――」

「もしかしたら、魔神と同じように暴走して、世界を壊そうとするかもしれない……ってことなのね」

私がそう言うと、リクハルドさんは神妙な面持ちで頷いた。

事態は私が思っているより、深刻みたい。

私が口を閉じて、考えを纏めていると――。

「ノーラ、大丈夫か？」

「お、おい。お前がそんな落ち込んでいるのは似合わない。元気出せよ……」

とアシュトンとライマーが私のことを気遣ってくれる。

「あなたが動揺するのも仕方がありません。しかし――答えはすぐの方がいい。あなたはこれから、どうするおつもりですか？　聖なる魔女の力を飼い慣らすか。それとも放棄しようとするのか――」

「答えは――どちらでもないわ」

リクハルドさんは私が即答すると思わなかったのか、驚いたように目を見開く。

「私……こう考えるのよ。彼女は私の相棒だって」

「相棒……ですか？」

「うん。だって魔女が私の中に眠っていようがそうでなかろうが、私は私。なにも変わらないわ。でも――彼女の力がなかったら、魔神にアシュトンが完全に負けちゃってたかもしれない」

アシュトンは一瞬、私の言ったことに不服そうな表情を見せたが、なにも声を発さなかった。

「私は私。だけど私の力だけではどうしようもなくなった時に、彼女は力を貸してくれた。怖がる必要なんてないと思うのよ」

「だから相棒……ですか」

「うん。相棒のことを飼い慣らすとか、放棄するとかって言うのも変な話でしょ」

「確かにそうです。しかしそれはあなたの思い込みかもしれません。もしかしたら彼女は、かつての失格王子と同じように世界に憎悪を抱いているかもしれません。その時、あなたに語りかけてくるかもしれません。世界を壊せ――と。そうなった場合、魔女の憎悪が爆発し、あなたの身を灼《や》いてしまうかもしれません」

「あなたの考えも一理あるわ。でも――」

私は自分の胸を叩き、彼女にこう告げた。

「もし聖なる魔女が変なことを言ってきても、大丈夫よ。魔神みたいなことを考えてたら――私が説教してあげるんだから！」


私の言葉を聞いて、リクハルドさんはきょとんとなる。

それはアシュトンとライマーも同じだった。

「私はエリーザとは違うわ。だって、彼女みたいに他人や世界に憎しみを抱いている暇なんてないんだもの」

私の考えは甘いかもしれない。

しかし――何故だか、私は聖なる魔女が悪い人間だとは到底思えなかったのだ。

それに。

「私――彼女と腹を割って、話す必要があるんだと思う」

そうしたら、私は一歩前に進むことが出来る。

それがなんなのかは分からない。しかしそんな確信があることも事実だった。

「だから……少し猶予をくれないかしら？　リクハルドさんは心配でしょうけど――私は決して彼女に呑まれない。私を信じて」

とリクハルドさんの瞳を真っ直《まっす》ぐ見て、そうお願いする。

彼からすぐに答えは返ってこない。私の真意を測りかねているのだろうか？

重苦しい雰囲気だったが。

「……くっくっく」

あら？

どうしてアシュトンは笑っているのかしら。

「はあ……全くお前は……まあ、お前らしくていいと思うが」

ライマーも口元に薄い笑みを浮かべていた。

どうしてそんな反応なの？

そしてそれは――アシュトンとライマーだけではなかった。


「ははは――！　ノーラさん、やはりあなたは面白い女性です」


とリクハルドさんはお腹を抱えて、楽しそうに笑った。

え……？　こんな風に笑うことも出来たのね。ちょっと意外。

だけど。

「ちょっとー。私、なんか変なこと言ったかしら？」

「いえいえ、言ってませんよ。ですが――そういう言葉が返ってくるとは思っていなくって」

リクハルドさんは一頻《ひとしき》り笑った後、瞳にうっすらと浮かんだ涙を指で拭う。

泣くくらいおかしかったってこと？　ますます訳が分からないわ。

「あなたと話してみて確信しました。あなたなら問題なさそうです。聖なる魔女の器があなたで本当によかった」

「そ、そう。褒めてくれた……のかしら？　ありがとね」

よく分からないけど、私はそうお礼を言った。

「時間を取らせて、すみませんでした。私の話はこれで終わりです。ですが、よければ今日のところはこの屋敷に泊まっていきませんか？」

「え？　でも……」

「今日はもう外も暗くなってきました。どちらにせよ夜を過ごす必要があるんだったら、ふかふかのベッドで寝た方が体も休まるでしょう。それにあなたに渡すものもあります。その準備のために、一晩私に時間をくれませんか？」

「うーん、そうね……」

でも私の一存では決められない。

私はアシュトンとライマーの顔を見て、

「ねえ、二人はどう思う？」

と意見を求めた。

「俺は良いと思う。ノーラが決めてくれ」

「オレはアシュトンさんの指示に従う」

どうやら二人も乗り気——とは言い難《にく》いが、否定的ではないみたいね。

「じゃあ……お言葉に甘えようかしら。でもいいのかしら？　こんなに至れり尽くせりで」

「もちろんです。これくらいお安いご用ですよ」

とリクハルドさんは優しげな笑みを浮かべた。

「エイノにあなたたちの部屋まで案内させましょう。食事も用意します。今夜はゆっくりお休みください――ませ」

「ありがとね」

そう会話を交わして、私たちは書庫を後にしようとした。

しかし書庫から出ようとする前に。

「ああ、そうそう」

とリクハルドさんが私たちを呼び止める。

「ノーラさん、あなたの中で眠っている聖なる魔女の力は莫大《ばくだい》なものです。彼女のおかげで、あなたたちの国がこれだけ大国になったとも聞きます」

「そんなに……」

「だから力に呑み込まれれば、あなたにとって害ですが――反面、それを使いこなすことが出来れば、あなたはさらなる力を得ることが出来るでしょう」

そう言われるものの――実感が湧かない。

だって魔神との戦いが終わってからも、何度かあの魔力を出そうと試してみたのだ。でも一度たりとも上手《うま》くいかなかったからだ。

「…………」

「ライマー？　どうしたのかしら。暗い顔してるけど」

「な、なんでもない！」

なにか考え込んでいる様子のライマーに声をかけると、彼はぷいっと顔を背けてしまった。

「まあ覚えとくわ。あっ——そうだ。その聖なる魔女の名前って記録に残っているのかしら？　気になるわ」

「ああ、それなら——」

最後にリクハルドさんは、こう答えてくれるのであった。

「彼女の名は——マリエル。あなたが彼女のことを相棒と思っているなら、覚えておいて損はないでしょう」

◆　◆

「面白い子でしたねえ」

ノーラが書庫から去った後。

リクハルドは先ほどのことを振り返っていた。

「なんだか彼女と喋っていたら、毒気が抜かれるようです」

森の入り口でノーラに内包されている聖なる魔女の魔力に気付いた時、リクハルドはどうなることかと不安視していた。

しかし彼女と話していると、いつの間にかそんな不安はなくなっていた。

『うん、そうなの。だから、まさかエルフの村にお呼ばれするとは思っていなかったわ』


この屋敷に来るまでの道中。

ノーラと言葉を交わしていると、まるで親しい者と喋っている時と同じような感覚になった。

人間と喋ることなど滅多になかった。あったとしても、一定の距離を取って喋っていることは自覚していた。

だが、ノーラは違った。

「きっと彼女は誰とでもすぐに打ち解けられる性格なのでしょう」

それがたとえエルフであっても——気付けば、彼女に気を許してしまう。

類稀《まれ》なる素質だと思った。

『あなたの魔力に聖なる魔女を感じます。きっとあなたの中に——聖なる魔女の魂が眠っている』

ノーラにそのことを伝えた時、彼女は戸惑っているようだった。

仕方のない話だ。

聖なる魔女は魔神の元恋人。もしかしたら自分も聖なる魔女の憎悪に囚われ、世界を恐怖に陥れる存在になるかもしれないからだ。

普通の女の子なら、不安に押し潰されるかもしれない。

そして聖なる魔女に人格を呑まれ、壊れていた――。

だが。

「きっとノーラさんなら大丈夫でしょう」

『もし聖なる魔女が変なことを言ってきても、大丈夫よ。魔神みたいなことを考えてたら――私が説教してあげるんだから！』


リクハルドに対して、彼女はそう自信満々に言い放った。

「ノーラさんは強い人です」

どんなことがあっても前を向き、自分の人生を――そして世界を楽しむことが出来る子だ。

今回のことで、リクハルドはそう確信するのであった。

「もしかしたら、聖なる魔女もノーラさんのようだったら――運命を変えることが出来たかもしれませんね」

この先、ノーラが聖なる魔女の力を使いこなせるか分からない。

だが、なんにせよ――魔神の時と同じように、世界を憎しみで灼いてしまうことはないだろう。

根拠は薄いが――彼女なら聖なる魔女を救うことが出来る。

リクハルドはそう信じてやまないのだ。

「面白い子です。少し話しただけなのに、私は既に彼女の虜《とりこ》になってしまっている」

――彼女の伴侶となれる男性は、さぞ幸せなんでしょう。

「もしかして……あの黒髪の男性――アシュトンが、彼女の伴侶なんでしょうか？」

アシュトンは常にノーラのことを気遣っていた。なにがあっても、彼女を守ろうという強い意志も感じた。

しかしノーラは、そんなアシュトンの覚悟にいまいち気付いていないように思える。

そこが少し、見ていてもどかしかった。

「さて……っと。彼女たちの恋仲を心配している場合ではありません。ノーラさん用にこのネックレスを調整しなければ……」

――今夜は徹夜になりそうですねえ。

リクハルドはそう考え、作業に取りかかるのであった。

◆　◆

「ん……？」

アシュトンが突然、訝《いぶか》しむような表情になる。

「あら、アシュトン。どうしたのよ。なにか気になることでもあった？」

「いや……誰かが俺とノーラのことを考えているような気がしてな」

「……ふうん？」

「多分、俺の気のせいだ。すまんな」

とアシュトンは早々に話を切り上げた。

一体なんのことだか分からないけど、アシュトンがそう言う以上、私はなにも言えない。

それより……。

「アシュトン」

「今度はなんだ」

「あなたも本を読むのね」

私がそう言うと、座っているアシュトンは心外だと思っていそうな表情を作った。

「なにを言っている。これでも俺は王族だからな。小さい頃からよく本も読まされていたし、読書は嫌いではない」

「それはそうなんだけど……アシュトンがそうやって真剣に本を読んでる姿って、見たことがなかった気がするから。新鮮で……」

「読書は一人でしたいタイプなんだ。周りに人がいると気が散るからな。屋敷でも本を読む時は書庫に籠《こも》っていた」

とアシュトンは説明して、再び本に視線を落とした。

彼が今読んでいるのは、エイノに持ってきてもらった本。エルフの間で流通している本に興味があったらしい。

以前から、彼の育ちの良さは随所で滲《にじ》み出《で》ている。

だけど、私からしたらアシュトンは魔物と戦う姿の方が印象深い。

ゆえにこうして知的な姿を見せられると、いつもとのギャップで胸がドキドキした。

「……さっきから俺の顔をチラチラ見て、どうしたんだ？　なにか気になることでもあるのか？」

「い、いや！　そんなことないわよ！　それより……ラ、ライマーはなかなか戻ってこないわね。大丈夫かしら？」

私たちと同部屋であるはずのライマーは、

『外の空気を吸ってくる』

と言い残して、そそくさと部屋から出て行ってしまった。

すぐに戻ってくると思ってたのに……かれこれ、一時間は経過している。

「いや、あいつも一人前の男だ。あまり心配しすぎるのもよくない。放っておこう。それに——」

とアシュトンは意味深な表情を浮かべて、こうぼそっと呟《つぶや》いた。

「ライマーが悩んでいることも分かるしな。今はヤツ一人にさせた方がいいだろう」

「悩み……？　それってなによ」

ライマーがうじうじ悩んでいるところなんて、とてもじゃないけど、想像出来ない。

「いや、お前には理解出来ないことだろうしな。気にするな」

「なによー、教えなさいよ」

とアシュトンの胸板を軽く押してみるが、彼は口を割ろうとはしなかった。

気になるけど……まあ、男の子には男の子なりの悩みがあるのね。女である私が突っ込みすぎるのも、よくないんだろう。

「――あっ、そうだ！　カスペルさんとお話ししましょ！　せっかくエルフの村に来てるんだし」

出発前に魔導具を貰ったというのに、今まで使ってこなかった。

旅でバタバタしていたのもあるけど、あんまり頻繁に通信してはカスペルさんに迷惑だと思ったからだ。特に報告することもなかったしね。

しかし今日はエルフの村に来ている。カスペルさんに言いたいことも盛りだくさんだ。

私はバッグから通信用の魔導具を取り出して、それを起動した。

「カスペルさん？　聞こえるかしら」

魔導具に向かって、話しかける。

こうやって話しかけることによって、相手側の魔導具のベルが鳴る。それで相手側が気付いて、応対する仕組みね。

だからすぐに返事がくると思ってなかったけど……。

『はい、聞こえますよ。おつかれさまです』

と、まるで魔導具の前で待っていたのかと思わんばかりの速さで、カスペルさんから返事がきた。

「相変わらずね……どうしてそんなに速いのよ？　魔導具の前で待ってたりするのかしら？」

『いえいえ――これくらい、執事として当然のことですよ。ノーラ様を待たせるわけにはいきませんから、いつも持ち歩いているだけです』

カスペルさんの声はいつも通り。

ふう、この声を聴いてたらなんだか安心するわね。実家に戻ってきたみたい。

私はほっと一息吐《ひといきつ》き、こう話し始めた。

「実はね、私たち……今日はエルフの村に来てるのよ」

『エルフの村？　どうしてそんなことに？　確か、エルフは他種族とは距離を取って暮らしている種族。滅多に会えるものではないと聞きますが……』

「色々あったのよ。森に入ったら霧が――」


カスペルさんにこれまでのいきさつを説明した。


『なるほど。それは驚きです』

平坦《へいたん》な声で返事するカスペルさん。

「そう言う割には、あまり驚いてないのね」

『驚いてますよ。この驚きが伝わらないですか？』

「よく分からないわ」

とはいっても、カスペルさんが平常心を失うことなんてほとんどない。いつも冷静なのだ。

しかしそんな彼でも、感情を吐露した事件がある。アシュトンが魔神に取り込まれそうになった時ね。

……あっ、そうだ。

「カスペルさん。あなたは聖なる魔女って聞いたことがある？」

『いえ……勉強不足なもので、知りませんね』

「知らなくても無理はないわ。聖なる魔女というのは、魔神の恋人だったみたい。それでどうやら――私の中にその人の魂が眠っているらしいのよ」

『……は？』

とカスペルさんが聞き返してくる。

「お前は説明を省きすぎだ」

とアシュトンが私の頭を軽くコツンと叩く。

私は頭を押さえ、アシュトンに非難の目を向けるが――彼はわざとらしく目線を外した。

『……ノーラ様、詳しく説明していただけますか？』

「ええ、もちろんよ。聖なる魔女というのは――」

リクハルドさんから聞いたことを説明する。

『……そんなことがあったんですね』

「そうなのよ。まあ、あまり大したことじゃないけどね！　そんなことよりカスペルさんにお土産を買っていて――」

「これを大したことがないって言うお前も、どうかしてると思うぞ」

アシュトンがなんか言っていたが、無視だ。彼の小言をまともに聞いていては、身が持たない。

カスペルさんにお土産のことを話し続ける。

「光るインテリアなのよ！　屋敷の中に飾ったら、きっと素敵だと思うわ。私たちが持って帰るのを楽しみにしててね」

『はい』

それからしばらく、カスペルさんと取り留めもない話をしてから――私は魔導具の通信を切った。

「ふう、楽しかったわ」

「それは良かったな」

とアシュトンは微笑《ほほえ》ましそうに言った。

頬杖《ほおづえ》を突き、こちらを真っ直ぐ見つめるアシュトン。こうして見つめられていると、先ほど感じていたドキドキが甦《よみがえ》ってくる。

二人っきりがいけないのかしら？

いや、別にアシュトンと二人っきりになったのは、今回が初めてじゃないし……なんなら彼は婚約者だ。今更すぎる。

この歳《とし》で情けないけど、男性経験の少なさが裏目に出た。旅先での雰囲気にやられるなんて、私チョロすぎる。

そんな考えが頭の中でグルグルしていると、

「やはり変だな、ノーラ」

訝しむような表情をして、アシュトンが席を立つ。

「だからなんでもないってば」

「薄暗くてよく分からなかったが、こうして近付いて見ると顔も赤い。もしかしたら熱でもあるんじゃないか？」

そう口にするアシュトンの言葉には、私を心配してくれているような感情が含まれていた。

「大丈夫だって――」

「そんなに否定するのも、ますますおかしい」

そう言って、アシュトンは私の前に立つ。

座っている私は、彼を見上げる形になる。

そして彼はそのまま私の前髪を掻き上げ、右手をそっと額に当てたのだ。

「――っ！」

突然の出来事に言葉を失ってしまう。

アシュトンに触れられるのは初めてじゃない。というか魔神騒ぎの時には、私から抱きついたんだからね。たかが額に右手を当てられたくらいで、大袈裟《おおげさ》だと思う。

だけどいつもと違う。

こうして私の身を心から案じ、優しくしてくれるのもあいまって、かなりドキドキしてしまった。

「これだけでは分かりにくいな……失礼するぞ」

私がなにか言うよりも早く、アシュトンがぐいっと顔を接近させた。

もしかして――口づけ？

と一瞬思うが、彼の唇は途中で止まり、代わりに自分の額を私の額に合わせたのだ。

「わ、わ、わ……」

「なにか言ったか？」

思わず変な声が漏れてしまったのを、アシュトンに拾われる。だけど私はなにも答えられなかった。

アシュトンは目を瞑り、私に熱がないかを感じ取ろうとしている。

一方、私はあと少しでも動けば彼の唇に当たってしまいそうな気がして、微動だに出来ない。

「む……やはり少し熱があるか？　じゃっかん、熱い気がする……」

いや、それはきっと、胸が高鳴っているせいだから。

――トントン。

濃厚で凝縮された時間を切り裂くように、部屋にノックの音が響いた。

その音はあまり大きくなかったけど……場違いだったためか、まるでそれだけが切り取られたかのように浮いていた。

「……なんだ」

アシュトンが私から額を離し、ドアの方へ顔を向けた。

「失礼します」

すると廊下からエイノが入ってきて、こう問いを投げかけた。

「なにかご不便なところはございませんか？　リクハルド様には、あなたたちをもてなすように命じられています。その客人に粗相があってはいけませんから……」

「ないな。快適に過ごさせてもらっている。しかしもしかしたら、ノーラが風邪かもしれない」

「風邪……ですか？」

「ああ。もしなにか着込めるものがあったら――」

「だ、だから大丈夫だってば！　健康そのもの！　なんなら、今から村中を走り回ってみせようかしら？」

立ち上がって、腕をバタバタしたりして元気なことをアピールする。

こんなのでエイノの手を煩わせるなんて、申し訳ないわ！　元々はアシュトンの勘違いなんだし……。

「まあノーラがそこまで言うなら……」

アシュトンはあまり納得しきれていない様子ながら、しぶしぶ引き下がった。

「それならいいのですが——では、またなにかありましたら、なんなりとお申し付けくださいませ。良い夜を」

とエイノは部屋から出て行った。

「ふう……なんだか疲れたわ」

「どうして疲れることがある？」

私が一息吐くと、アシュトンは不思議そうに首をかしげた。

「まあ、風邪ではないかもしれないが、旅の疲れが出ているんだろう。今日はもう早めに寝よう」

「そうね。ライマーを待たなくて大丈夫かしら？」

「問題ない。あいつも一人前の男だからな。俺たちが先に寝たからといって、それでどうこう思うヤツではないだろう」

「それもそうね」

ちょっと心配しすぎなのかもしれない。

その後、部屋の灯《あか》りを消して、私たちは別々のベッドで横になる。

目を瞑ると、浮かんでくるのは先ほどの光景。

「こいつ……不意打ちで、ああいうことしてくるのよね」

アシュトンの背中に向けて、小声で文句を言ってみるが、反応は返ってこなかった。聞こえていないんだろう。

それにしても――さっきのエイノはタイミングが良いんだか悪いんだか……。

でもあのままだと、私の心臓がもちそうになかったからね。エイノは良いタイミングで入ってきてくれたと思おう。

「……っと、こんなことを考えている場合じゃないわ。明日も早いんだし、さっさと寝ないと」

そう独り言を呟く。

しかし先ほどの光景が脳裏に焼き付いているためか、なかなか寝付くことは出来なかった。

――結局ライマーは、私たちが起きている間に戻ってこなかった。

バタンッ。

……ん？

扉の閉まる音。どうやら誰かが入ってきたみたい。

そのせいで起きてしまった。

とはいえ、夢と現実の境目が分からないくらい、頭がぼんやりとしている。

それでも寝ぼけ眼《まなこ》で、誰が入ってきたかを確認する。

あれは――ライマー？

でも……様子がいつもと違う。

彼は何故か汗だくで、とても焦っているようだった。

「くそ……っ。このままじゃダメだ。オレはアシュトンさんの一番弟子なんだ……」

と一人でぶつぶつ呟いている。

なんで、そんなに焦っているのかしら？

ライマーは空いているベッドの前までふらふらと歩き、そのまま倒れてしまった。

大丈夫……？

――と、ちょっと心配になったけど、すぐに寝息が聞こえてきた。どうやら眠ってしまっただけらしい。

「ライマーはなにを……ああ――」

ダメだわ、眠い。

起きていようとしたけど、その抵抗も虚しく――私の意識は夢の世界に引っ張られるのであった。


翌朝。

朝日と一緒に、私も上半身を起こす。

「よく寝たわ」

うーんと背伸びをし、そのままアシュトンとライマーを起こす。

「二人とも、起きて。クロゴッズに向かうわよ」

「ノーラか……早起きだな」

「そうかしら？」

アシュトンも瞼《まぶた》を擦りながら、起床する。

「お前はどうしてそんなに朝っぱらから元気なんだ……」

とライマーも目を覚ますが、まだ眠そうだ。ぴょんと跳ねた髪の寝癖が可愛らしかった。

「私、朝は強い方なのよ。分かってるでしょ？」

「……知らない」

少し不機嫌気味に、ライマーがそう言った。

——そういえば昨日、どこに行ってたの？

そう問いかけたくなったが、寸前のところで言葉を引っ込めた。

だってライマーも一人前の男だもん。

いちいちどこに行ったかなんて聞かれたら、鬱陶しいだけでしょ。

夜中に見たライマーの姿も、もしかしたら夢だったかもしれない。

そんなことを思いながら――私たちはすぐに準備を済ませ、村の入り口まで向かった。

「もう行かれるのですか？」


リクハルドさんが私たちにそう尋ねる。

わざわざ見送りに来てくれたのだ。

しかも……見送りは彼だけではない。

そこには昨日私がお土産を買ったお店の店員さんもいるし、エイノの姿だって見える。

一泊だけしかしてないのに、こんな風に見送ってくれるなんて……感動ものね。

「ああ。先を急ぐものでな」

とアシュトンが口を動かす。

「残念です。もう少しあなたたちと――特にノーラさんと喋ってみたかった」

「あら、別に今生の別れじゃないんだから、そんなことを言わなくていいじゃない。また暇を見つけてここに来るわ。その時はもう少し落ち着いてお喋りしてくれる？」

「ええ、もちろんです」

柔和な笑みを浮かべるリクハルドさん。

「エイノもまたね。少しだけだったけど、お話し出来て楽しかったわ」

「ありがとうございます」

エイノは最後まで淡々とした男の子だった。

だけど出会った頃より、心なしか表情が柔らかいような気がする。私の気のせいかもしれないけどね。

そうやって、みんなに別れの言葉を告げていると、

「ノーラさん、聞いてください」

リクハルドさんは真剣な顔つきでこう続けた。

「あなたの中で眠っている聖なる魔女の力は、まだ限定的なものです。魔神を消滅させてから、まだ一度も同じような力を感じたことはないんでしょう？」

「うん」

リクハルドさんの話に、私は首を縦に振る。

「ならばまだ、聖なる魔女の力を完全に引き出すことは出来ない――しかし確かに、その力は少しずつ大きくなっていく。だからこれを――」

そう言って、彼は懐からとあるものを取り出し私に渡した。

「これは……ネックレス？」

ネックレスには灰色の宝石らしきものが付けられていた。あまり見たことのない宝石。これはなんなのかしら？

でも。

「キレイね。でも……どうしてこれを私に？」

「一度かけてみてください」

リクハルドさんの言った通り、ネックレスを首にかけてみる。

すると——灰色だった宝石が、淡い青へと変色したのだ。

「それは村に代々伝わるネックレスです。もし聖なる魔女の器が現れた時、これを渡すように——と。それをあなたの魔力に合わせて調整させていただきました」

驚いている私に、リクハルドさんはこう説明する。

「あなたなら大丈夫だと思いますが——もしかしたら、聖なる魔女の力を持て余すことがあるかもしれない。それに思い悩むこともあるでしょう。それはそんなあなたの道標になる。その青く染まった宝石が白くなった時、聖なる魔女はきっと本当の意味であなたの味方になる」

「……？　なんだかよく分からないけど、ありがとね」

私のことを心配してくれているのかしら？　だったら有り難いと思う半面、こんなネックレスまで頂いて少し悪い気がした。

「馬子にも衣装だな、ノーラ」

ネックレスをかけた私を、ライマーが茶化してくる。

「あら、キレイって言いたいの？　あなたも言うようになったじゃない」

「なっ……！　オレはそんなつもりじゃ……」

皮肉でそう返したら見る見るうちにライマーは慌て出した。その表情は、深夜の彼のものとは似ても似つかない。

本当になんだったのかしらね、あれ。

「じゃあ――そろそろ行くわ。見送りに来てくれてありがと。また来るわ！」

手を振りながら、見送りに来てくれたエルフたちに別れを告げる。

そしてゆっくりと歩き出した。


「お嬢ちゃんならいつでも大歓迎だ！　また来な」

「私たちエルフはいつでも、あなたたちの味方です」


昨日の店員――そしてエイノの声が、どんどん小さくなっていく。

私たちは時折振り返りながら、でも歩く速度は緩めない。

そして最後に。

リクハルドさんが頭を下げ、最後にこう言葉を投げかけてくれた。

「あなたたちの行く末が、光で満ちていますように――」

閑話一

「ノーラ様も楽しんでおられて、よかったです」

アシュトン邸。

庭の至る所に花壇があり、そこには色とりどりの花が植えられている。

アシュトン邸の執事――カスペルはじょうろで花に水をやりながら、昨晩ノーラと話したことを思い出していた。

『実はね、私たち……今日はエルフの村に来てるのよ』

まだ誰も足を踏み入れたことのない秘境――そう伝え聞いていたが、まさかノーラたちがそこにいるとは……驚きだった。

「いや……もしかしたら、そこまで変なことではないかもしれませんね」

とカスペルはすぐに首を横に振る。

ノーラと一度言葉を交わせば、誰もが彼女の虜《とりこ》になっている。

彼女はそういう人間だった。

そしてカスペルもそんな彼女のファンの一人だ。

――ノーラがこの屋敷《やしき》に来てから、日々の生活がさらに楽しくなった。

無論、アシュトンとライマー、カスペルの三人だけで暮らす生活が楽しくなかったかと言われれば、そうではない。

元々、ノーラが来る前のアシュトンはそこまで口数が多いタイプではなかった。屋敷では静寂が流れることも多かった。

「それに……アシュトン様は、なにかを思い悩んでいるようでした。おそらく、自分のことを『幸せになってはいけない人間』だと思っていたためでしょうが……」

そうやってアシュトンが塞ぎ込む日も、日に日に増えていった――そんな時だった。

次の婚約者候補として、ノーラがこの屋敷にやってきたのだ。

（アシュトン様はここに来てから、積極的に他人と関わろうとしませんでした。王宮で人間の汚いところばかり見ていましたからね。極度の人間不信でした。しかしノーラ様は――別だった。たった一回の剣戟《けんげき》で、アシュトン様は彼女のことを好きになってしまった）


『一度手合わせしてもらっても構いませんか？』

ノーラがアシュトンにそう言い放ったことは、つい昨日のことのように思い出せる。

カスペルはその時の光景を、少し離れた場所から見ていた。

（あの時は驚きましたねえ。あんな公爵令嬢がいるなんて、私は今まで見たことも聞いたこともな

い）

とつい苦笑してしまう。

「いけない、いけない。ノーラ様のことを思い出したら、いつの間にか笑顔になってしまいます」

……とはいえ、カスペルの表情は一切変わっていなかったが——彼は元々感情を表に出さない人間。ゆえにこれは、彼からしたら癖みたいなものだ。

だが、アシュトンから言わせると、彼の表情の違いは「分かる人には分かる」らしく、見分け方があるらしいが——当の本人、カスペルはそれを知らない。

「……でも誰も屋敷にいないとなると、少し寂しいですね。三人には早く戻ってきて欲しいものです」

そして帰ってきたら、ノーラは笑顔でこう言うだろう。

『ただいま！　楽しかったわ！』

——と。

そこから一気に語られるであろう彼女の土産話を想像すると、カスペルの気分はさらに弾んだ。

「あ、あのー……」

そうやって花に水をやっていると――不意にとある女性が屋敷の敷地内《しきちない》に入り、後ろからカスペルに声をかけた。

カスペルはすぐに表情を元に戻し――とはいっても、その表情はほとんど変わっていなかったが――彼女にこう挨拶する。

「おはようございます、セリア様。今日はどうかされましたか？」

屋敷に訪れたのはノーラの友達、セリアだった。

彼女はアシュトンの婚約者候補だったこともある。

だが、アシュトンは彼女を門前払いにしてしまった。

お淑《しと》やかな令嬢。ノーラとは真逆なタイプだ。その容姿は美しく、まるで儚《はかな》げな花のような感じも受ける。

その時は気弱な少女という印象だったが……今は違う。

最初の印象とは違い、今のセリアからは明るさすらも感じた。

「ノーラさんはいらっしゃいますか？　彼女にオススメの本を持ってきたんですが……」

「残念ながら」

とカスペルは眉を八の字にして、申し訳なさそうな口調でこう言う。

「ノーラ様はアシュトン様とライマーの三人で、出掛けています。とある事情がありましてね。お戻りになるのは、もう少し先かと」

「そ、そうなんですね。残念です……」

しゅんと項垂《うなだ》れるセリア。

「わざわざご足労いただいたのにすみません」

「い、いえいえ！　カスペルさんは悪くない……ですから！」

セリアはそう慌てて否定する。

（一執事である私の名前を覚えてくれていたんですね）

ちゃんと自己紹介をしたことがなかったと思うが――ノーラから自分の名前は聞いていたんだろう。

そう思いながら、セリアを見ていると、

「おや、それがノーラ様に渡そうと思っていた、オススメの本ですか？」

彼女が大事そうに抱えている本に目がいった。

「はい。これは『掃除係リヨンの恋物語』というロマンス小説です。カスペルさんは、興味がないと思いますが……」

「ああ、それなら私も読みましたよ。不憫《ふびん》な主人公が頑張って恋を成就させていく様は、読んでいてドキドキハラハラしますよね」

「え……？　読んだことがあるんですか？　カスペルさん、男性なのに？」

「男はロマンス小説を読んではいけないのですか？」

とカスペルは苦笑する。

「い、いえいえ！　そんなことはありません！　だけど珍しいなーと思って」

「ノーラ様がロマンス小説をよく嗜《たしな》まれていますからね。執事である以上、アシュトン様の婚約者――ノーラ様のことを理解するために、努力するのは当然のことかと」

「は、はあ……」

とセリアは返事をする。

「そうですね……せっかく来られたのですから、お茶でもお淹《い》れしましょうか？」

「い、いいんですか⁉」

「はい。ノーラ様のご友人に失礼な真似《まね》をしては、私が怒られてしまいます。お互いの好きなロマンス小説の話でもしましょう」

「は、はい！　ぜひ――きゃっ！」

興奮したためだろうか。

パッと表情を明るくし、セリアがカスペルに近寄ろうとすると――彼女はその場で躓《つまず》いて転びそうになった。

「おっと」

しかしセリアが地面に顔をぶつけてしまう前に、カスペルが彼女を優しく支えた。

「大丈夫ですか？」

「だ、大丈夫です！　ありがとうございました！」

すぐにカスペルから離れ、セリアはスカートを軽く払う。

（ん……？　触れてしまったのはまずかったでしょうか？　しかしそうしなければ、転んでしまい

ましたし……）

顔を赤くして、頬を両手で押さえているセリアを見て、カスペルはそう首をかしげた。

「さあさあ、行きましょう。良《い》い紅茶の葉があるんですよ」

「は、はい！」

カスペルが促すと、セリアはその後を慌てて付いていく。

（もしかしたら嫌われたかもしれませんね）

先ほどまではそうではなかったのに、今の彼女からはぎこちなさを感じる。

カスペルは心の内で、少し反省するのであった。

◆　◆

セリアはその後、小一時間ほどカスペルとロマンス小説の話に花を咲かせ、今は馬車の中で帰途についていた。

「カスペルさん……素敵だったなあ」

彼女以外、誰もいない馬車の中で――そう小さく呟《つぶや》く。

ノーラが不在だったのは残念だ。

だけど。

『ああ、それなら私も読みましたよ。不憫な主人公が頑張って恋を成就させていく様は、読んででドキドキハラハラしますよね』

カスペルもロマンス小説を読んでいたことには驚きだ。

（おかげですらすらと喋《しゃべ》ることが出来た。あんなに人と話してて楽しかったのは、ノーラさんに続いて二人目かもしれない）

しかもそれだけではない。

『大丈夫ですか？』

セリアが転《こ》けてしまいそうになった時、カスペルはそう彼女を支えてくれた。

彼のふわっとした手の感触。

男性に触れられた経験がほとんどなかったため、動揺してしまったが——嫌な気持ちには一切ならなかった。

それどころか幸福感が頭を包んで——。

（って！　セリアはなにを考えているの⁉）

首をブンブンと勢いよく横に振るセリア。

しかしいくら考えないようにしても、カスペルの顔が頭にこびりついたまま取れなかった。

——二人の恋が進展するのは、まだもう少し先の話だ。

第二話

それからの道中は特になにもなく、ついに私たちは目的の街――クロゴッズに辿《たど》り着《つ》いたのであった。

「やっと着いたわー！」

腰に手を当てて、街を眺める。

私たちが暮らす街――ジョレットに比べると人は少なめだけど、だからといって田舎というわけではない。

建物が多く立ち並んでいて、道の両端には出店が並んでいる。出店から美味《おい》しそうな食べ物の匂いが漂ってきて、じゅるっと涎《よだれ》が口から零《こぼ》れ落《お》ちてしまいそうになった。

「今すぐにでも食べたいと言い出しそうな顔をしているな、ノーラ」

美味しそうな見た目と匂いに心を奪われている私の肩を、アシュトンが優しく摑《つか》む。

「しかしその前にまずはギルドに行くぞ。俺たちがこの街に到着したことを伝えないとな。それに今回の魔物の一斉討伐について、打ち合わせをしておきたい。それが終わってから、腹ごしらえといこう」

「わ、分かってるわよ」

そう答えるものの、お腹《なか》が空いているためか出店からなかなか目が離せなかった。

「アシュトン様！　遠いところからわざわざご足労、誠にありがとうございます！」

クロゴッズの冒険者ギルドに着くと、ギルドマスターと名乗る男が奥から出てきた。

商人みたいな愛想たっぷりの笑顔を携え、手をにぎにぎしながら近寄ってくる。

周囲の冒険者らしき人たちも私たちに気付いて、遠巻きにしてひそひそと話をし始める。

「アシュトン様だ。第七王子でありながら、冒険者をしている変人王子……」

「おい、滅多なことを言うんじゃねえよ。お前、アシュトン様がなんて呼ばれているのか知らないのか？」

「そ、そうだったな。アシュトン様は冷酷無比という噂《うわさ》の王子。聞こえてなかったらいいんだが……」

……全部私たちに聞こえちゃってるんだけど？

アシュトンの反応が気になって、顔を見てみたが——彼はニヤニヤと愉快そうな笑みを浮かべていた。

「ほお、面白いことを言っているな」

ぎろっ。

アシュトンの鋭い視線が、コソコソ話をしていた冒険者の方を向く。

「ひ、ひいいいいいい!」

すると――二人組の冒険者は細い悲鳴を上げて、その場で腰を抜かしてしまった。

「はっはっは。可愛《かわい》いヤツらだ」

とアシュトンは上機嫌に笑って、彼らから顔を逸《そ》らした。

「アシュトン、やめておきなさいよ。可哀想《かわいそう》じゃないの」

「まあ、いいじゃないか。冒険者というのは舐《な》められたら終わりだ。ノーラもよく覚えておくといい」

アシュトンと出会ってから、結構な日にちが経《た》っているから分かるけど――彼は自分が悪く言われることを気にしていない。

だから特段、否定したりもしないし、そのことで本気で腹を立てることはないのだ。

「それにしても、あの隣にいるキレイな女とチビは誰だ?」

「さあ? チビの方は服装的に冒険者なんだろう。しかし女の方はなんだ? あんなキレイな女が冒険者とは思えないし……」

「すっげえ美人だ。アシュトン様が近くにいなければ、ナンパするのに……」

先ほどの二人組とは違う、他の冒険者もコソコソと話を始める。

私とライマーにも注目が集まってるみたい。

ライマーはチビと言われてまた怒っていたが、私が嗜《たしな》めておいた。

お世辞だとは思うけど、キレイと言われて悪い気分にはならないからね。

「本題に入ろう。今回の作戦内容について、詳しく聞かせてもらいたい」

その間に、アシュトンとギルドマスターが打ち合わせを進める。

「はい。事前に聞いていると思いますが、あらためて説明いたしましょう――まず、ことの発端は街の周辺にいる魔物の増加です」

これ自体はそこまで珍しいことではない。

魔物は人間の都合など、知ったことではない。それに人間のように計算高くもない。本能や欲望に従って繁殖し、数を増やす。

そして魔物が多いところは、それらにとって棲《す》みやすい空間になる。だから他の場所からも魔物が集まってくるのだ。

もちろん、そういうことにならないよう、魔物を定期的に狩る必要がある。その時に出番となってくるのが冒険者の人々だ。

しかし。

「ギルドの想定を超えて、魔物が数を増やしている……そういうことだな?」

「はい、その通りです」

とギルドマスターは頷《うなず》いて、さらに話を続ける。

「今のところ、魔物はこの街の少し離れたところで巣を作っています。今のうちに一気に叩《たた》いてしまいましょう」

「だから各地から冒険者を集めたわけだな」

魔物が街の中にまで入り込んできたら、大変なことになる。街には戦う力を持たない人たちがいるからね。

一度戦いを始めたら、魔物が街へと移動を始めるかもしれない。

だからそうならないように、まとめて殲滅《せんめつ》しようと考えているんだろう。

「アシュトン様たちが来てくれたので、明日にも作戦を決行しましょう。他の冒険者の方々も到着して、決行まで待機してもらっているので……」

「分かった。待たせてしまったみたいだな。すまない」

「いえいえ。Sランク冒険者のアシュトン様が来てくれただけでも助かります。みなさんの士気も上がりますよ。ありがとうございます」

とギルドマスターが恭しく頭を下げる。

「アシュトン様は重々承知の上だと思いますが――今回の任務は大変危険なものになります。あなたがいても、死傷者が誰一人出ないということは考えにくい」

「その通りだな。戦いは甘くない」

「はい。今回、作戦に参加する冒険者は百人を超えます。統率が取れなくなることもあるかもしれません。そこで今夜はギルドが主催して、冒険者たちの決起会をしようと思うのです。モチベーションは大事ですからね。そこでアシュトン様にも、決起会にぜひ参加していただきたいのですが……」

「ふむ……」

アシュトンは顎に手を置き、少し考えた後にこう結論を出す。

「そうだな、参加させてもらおう。なにせ、集まった冒険者の名前と顔を俺はほとんど知らん。明日の作戦中に、名前を呼ぶ必要が出るかもしれない。そういった意味でも、作戦の前に一度は顔合わせをして、全員の名前と顔を覚えることは必要だしな」

「ありがとうございます。ですが……参加する冒険者はかなりの人数です。さすがのアシュトン様でも全員は覚えられないでしょう……？」

「はっはっは」

アシュトンはそう快活に笑うだけで、ギルドマスターの質問に明確な答えを返さなかった。

でも私は知っている。

この男、他人の名前と顔を覚えるのがかなり得意なのだ。

その証拠に、アシュトンの頭の中にはジョレットの住民の名前と顔が全て入っている。一晩で百人程度の人を記憶することは朝飯前でしょ。

それからアシュトンたちは作戦の打ち合わせを続けていたが——その間、私は一切口を挟まなかった。

こういうことは、本職であるアシュトンに任せておくのが適材適所だからね。

そしてそろそろ話もお開きになりそうな時。

「というわけで——だ。ノーラ」

不意に彼は、私に顔を向けた。

「今回は俺たちに任せておけ。さすがに俺たち、冒険者の任務にお前を付き合わせるのは申し訳ない。宿屋でゆっくりするか、街中を観光しておくといい」

「そうだぞ、ノーラ。わざわざお前が来る必要はないんだからな。オレたちに任せてろ」

ライマーもアシュトンの言ったことに「うんうん」と何度も頷いている。

「それに戦いには不測の事態が付き物だ。お前が簡単に魔物にやられるとも思わないが……万が一のことがある。これだけの大規模な戦闘も初めてだろう？　だから……」

「ええ、分かったわ。街で待っておくわね」

「まあ、待て。お前の気持ちも分かる。わざわざここまで来たのに、肝心の作戦本番ではお役御免だなんて——って、え？」

アシュトンがきょとんとした顔になる。

彼のこんな表情が見られるなんて珍しいわね。

「そもそもここまで付いてきたのも、私のワガママだったからね。これ以上アシュトンにワガママを言って、あなたを困らせたくないわ」

本音を言うと――すっっっっっごく行きたい。

だってせっかく、新しい魔法や剣技を披露する場なのよ？　宿屋でおとなしくしておくなんて、我慢出来ないわ。

でも……ここで強情を張って、無理やり付いていこうとすれば、それこそただのワガママお嬢様になってしまう。

それに。

「アシュトンがそう言うってことは、私がいなくても作戦に支障がないってことなんでしょ？　だから今回は我慢する」

「…………」

私の話に、アシュトンは黙って耳を傾けてくれる。

私、なにか変なことを言ったかしら？

「お、お前……成長したんだな。また駄々をこねるものだと思っていた」

「ライマーは私をなんだと思っているのよ」

唇を尖《とが》らせてライマーに問いかけるが、答えは返ってこなかった。

一方。

「……ほ、本当にいいのか？」

アシュトンは恐る恐るといった感じで、そう尋ねてくる。

「あら、そもそもあなたから言い出したことじゃない。あなたもライマーと同じことを思っていたわけ？」

「まあ正直……」

とアシュトンは頬を掻《か》いて、私から視線を逸らした。

「大丈夫。明日は付いていかない。でも――これだけは言わせて。必ず無事に帰ってきなさいよ！」

「当然だ。必ずお前のもとに帰ってくる」

そう言って、アシュトンは柔らかい笑みを浮かべた。

ふう……これで話は付いたわね。

本当はやっぱり、まだうずうずしているけど……我慢我慢。

それに――街中を観光して、美味しいものに舌鼓を打つのも、それはそれで楽しそうだからね！

頭を戦闘モードからお食事モードに切り替えて、明日は目一杯楽しみましょ。

「じゃあ、行きましょうか。お腹が空いたわ。私、ここに来るまでに美味しそうなお店を見つけて――」

と言葉を続けようとした時だった。

「ライマー？」

不意にライマーの名前を呼ぶ、男の子の声が聞こえたのだ。

「お前は……もしかしてリックか？」

ライマーは声のする方に顔を向け、そう問いかけた。

すると。

「おお、やっぱりライマーか！　元気にしてたか？」

リック――と呼ばれた男の子は表情をパッと明るくして、小走りでこちらに駆け寄ってきた。

リックがライマーの首に腕を回す。ライマーは露骨に嫌そうな顔をしていた。

「お、おい。やめろって……！　というか、どうしてお前がここにいる！」

「今回の魔物一斉討伐のために、村から駆り出されたんだよ。その様子だとライマーも？」

「そうだ！　オレは優秀な冒険者だからな――取りあえず離れやがれ！」

とライマーがリックを強引に振り払った。

でもリックは後頭部に両手を回して、「ニシシ」と笑みを浮かべている。なんだか楽しそうだ。

「お前、大活躍だって聞いたぞ！　この調子じゃ、Sランク冒険者も近いって。俺も自分のことのように嬉《うれ》しいよ！」

「ふんっ！　当たり前だ！　なにせ、オレはアシュトン様の一番弟子なんだからな！　お前とは格が違うんだ」

「おお!?　アシュトン様って、あの第七王子でありながらSランク冒険者の？　ぜひ一度お目にかかりたい……」

と、ここでようやく彼は気付いたのか――アシュトンの方へぐぐぐっと顔を向ける。

「黒髪……泣きぼくろ……も、もしかしてアシュトン様⁉」

「そうだが……」

「アシュトン様も、今回の任務に参加するっていう噂は本当だったんっすか⁉　やっぱりオーラがある……！　カッコいい。ライマー！　お前、こんな人の一番弟子だなんてすごいな。羨ましいよ！」

リックはくしゃくしゃとライマーの頭を撫《な》でる。

いつものライマーなら「やめろ！」と反抗しているところだけど……リックの元気いっぱいな様に、さすがのライマーもたじたじのようだった。

「えーっと……ライマー、彼は……？」

「あ、ああ。オレが故郷にいた頃の幼馴染《おさななじみ》だ。腐れ縁ってヤツだな」

とライマーは説明した。

「ライマーは元々、辺境の田舎村出身だった。だが、王都で一旗揚げるために、何年か前に故郷を出たわけだな」

アシュトンが後ろからぐいっと出てきて、私にそう補足する。

「へー、王都ねえ」

そういう若者は珍しくない。王都は国の中心。人やものがたくさん集まってきて、そこに夢とロマンを見出《みいだ》すのだ。

でも。

「それなのに、どうしてジョレットにいるのよ」

「王都に行くまでの、馬車の運賃がなかったんだ」

間抜けな話だった。

「そこで一度、ジョレットに留まって冒険者の依頼をこなしながら金を稼いで、王都に行こうとしたわけだが……」

「アシュトンさん！　こいつにそんな話をしないでくださいよ！　恥ずかしいじゃないですか！」

ライマーが慌てて、私とアシュトンの間に割って入る。

しかしアシュトンはそれを意に介さず、話を続ける。

「ここからはお前も知っている話だ。俺は魔物に襲われているライマーを助け、そこからこいつは弟子になった……そうこうしているうちに、王都に行く気もなくなってしまったというわけだ」

「聞けば聞くほど、ヘンテコな話ね。初志貫徹しなさいよ」

「へ、下手に王都に行くより、アシュトンさんと一緒にいた方がためになると思ったからだ！　お、王都に行っても、なにも出来ないままで終わるかもしれない……って、怖気付《おじけづ》いたわけじゃないんだからな！」

とライマーは必死に弁明する。

「あ、あのー……自己紹介、させてもらっていいっすか？」

おずおずといった感じで、リックが話に割り込んできた。

「あら、ごめんなさい。入りにくかったわよね。私はノーラ、よろしくね」

「お、俺はリックっす！　故郷ではライマーと親友でした！　でもこいつが村を出て行ってから会ってなかったので、こうするのも久しぶりっす」

「だからそんなに嬉しがっているのね。ライマーと私は――うーん、なんなんでしょうね。一応、一緒に暮らしてる仲だというのか……」

「お、おい、ノーラ！　そんな言い方をしたら、誤解され――」

「ラ、ライマー⁉　お前、こんな美人とど、どど同棲《どうせい》しているのかよ？　お前……村にいる頃は、女の子とろくに喋《しゃべ》ったこともなかったのに……」

衝撃の事実だったのか、リックは唖然《あぜん》としている。ライマーはあたふたするばかりで、まともに説明も出来ない。

だけどアシュトンは溜《た》め息《いき》を吐きつつ、こう補足する。

「……ノーラは俺の婚約者だ。それで一緒に暮らしているわけだが――ライマーもうちの屋敷《やしき》に居候している。ちなみに――他に執事が一人いる。一緒に暮らしているのは、合計四人というわけだ」

それを聞いて、リックはほっと胸を撫で下ろし、

「よ、よかったっす……俺、ライマーが変わっちまったと思いました。美女と二人暮らし……爛《ただ》れた生活……」

「お前は一体なにを想像してたんだ⁉」

ライマーはそんなリックに、ツッコミをいれていた。

うーん……なかなか愉快な子ね。私の説明不足のせいだけど、あれだけでこんなに妄想を膨らませるなんて……。

それに――ライマーとそんな関係だと思われるのも、不本意だわ。ここらで一回、ガツンと食らわせておきましょうか。

「そもそも私は、自分より弱い男とそんな関係になろうとは思わないわ」

「自分より弱い男と……？　そう言うってことは、もしかしてノーラさんは剣や魔法の嗜みがあるんっすか？」

「ええ。これでも一応――ライマーとは何度か決闘して、私が全勝なのよ」

「なっ……！」

即座にライマーが私に非難の目を向ける。

「お前、また変なことを言って――」

「えー⁉　ライマーにっすか？　こいつ、村では大人顔負けの強さだったんですよ。それなのに、あなたみたいな人が……それとも――」

とリックはライマーに視線を向ける。

「お前……もしかして、ジョレットに行ってから弱くなったのか？」

「そ、そんなわけない！　この女が特別なだけだ！　それどころか、アシュトンさんに鍛えられてオレは昔より、さらに強くなった」

「へえ……じゃあ久しぶりに俺と決闘してみっか？」

ニヤリと笑うリック。

「俺もお前が出て行ってから、さらに強くなったんだ。弱くないって言うなら――お前の強さ、俺に見せてくれよ」

「望むところだ！」

ライマーとリックはお互いの顔を突き合わせて、火花を散らす。

「くくく……面白そうなことになってきたな」

アシュトンは二人の様子を眺めて、やけに楽しそうだ。

それは私も同じ。

「じゃあ、私が審判をしてあげるわ！　早く行きましょう！」

――こんな面白いこと、ただ黙って見物するのはもったいないわ！

ライマーはまたなにか文句を言いたそうだったが、無視だ。

――そして私たちはギルドを出て、近くの空き地に場所を移した。

「ルールを簡単に決めておくわね。お互いに木剣《ぼっけん》を使う。そして先に相手の体に木剣を当てた者の勝ちとする。そのためなら、どのような手段を使っても構わない……これでどう？」

「問題ない」

「分かったっす！」

ライマーとリックも、私の決めたルールにそう言葉を返した。

「どこかで聞いたことのあるルールだな」

とアシュトンは少し離れたところで、楽しそうに決闘を観覧していた。

言わずもがな——これは私とアシュトンが初めて決闘をした時と、同じルールだ。

シンプルだけど、お互いの実力がよく出ると考えたわけ。

私は手を天高く振り上げてから、

「では……始め！」

それを降ろし、決闘の始まりを告げた。

「とりゃあああああ！」

まず先に仕掛けたのはリック。

リックは木剣を振るい、ライマーに攻撃を放つ。

しかし。

「甘い！」

彼の木剣が当たる直前——ライマーがそれを自分の木剣で受け止めた。

「相変わらず考えなしに、真《ま》っ直《す》ぐ突っ込んでくるんだな。そんなんじゃ、オレに勝てないぞ」

「そっちこそ！　防戦一方で勝てると思っているのか？」

鍔《つば》迫《ぜ》り合《あ》いが起こる。

「ほら、ライマー！　あなたもさっさと仕掛けなさいよ。そんなんじゃ、リックの言う通り、勝てないわよ」

「審判が余計なこと……喋んじゃねえよおおおおお！」

私の言葉が気に障ったのか、ライマーが力任せにリックを振り払う。

リックは驚いた表情。ふらふらと後退し、再び木剣を構えた。

「お前……なかなか力強くなったじゃないか。村にいる頃は、ちょこまかと動き回ってただけなのに。やっぱり成長したんだな」

しみじみと言うリック。

「当たり前だ！」

今度はライマーから仕掛ける。

先ほどのリックと同様に距離を詰め、怒りのままに剣を振るった。


――そして、二人の剣戟《けんげき》が本格的に始まる。

一進一退の攻防。

実力は互角だった。

ライマーもかなり強いことは確か。そうじゃないと、私もライマーと決闘を繰り返したりしないからね。

でもリックも負けていない。ライマーと互角に渡り合えるだなんて……彼も相当な実力者だ。

「んん……？」

だけど――ライマーの動きを見て、私の中の違和感が徐々に大きくなっていく。

「ライマー――」

戦いの最中だったけど、私がライマーに声をかけようとした時、

「ああっ！」


――リックの勢いに押され、とうとうライマーが木剣を右手から離してしまう。

くるくると木剣は宙を舞い、近くの地面に突き刺さった。

ライマーはすぐさまそれを拾いにいこうとするが、それよりも早く――リックが彼に剣先を突きつける。

「勝負ありだな」

とそのままライマーの肩に軽く木剣を当てるリック。

「勝者――リック！」

私は勝者の名前を告げる。

ライマーは「なっ……！」と愕然《がくぜん》とするが、やがてがっくりと肩を落とした。

負けを認めたのだ。

「ライマー……お前……」

一方のリックは決闘に勝利したというのに、複雑そうな表情だった。

なにか言いたげに、落胆しているライマーを見ている。

「ライマー、どうしたのよ。あなたらしくなかったわ。まるで、なにかに焦っているみたいな剣筋だった」

「……っ！」

私の言ったことに、ライマーは二の句を継げない。

反論してくると思ったけど……やっぱりライマーにも心当たりがあったんだろう。

ライマーは子どもっぽいところがある。

だけど一方、戦いとなったら冷静に立ち振る舞うことも出来る男だ。

それなのにさっきのライマーは、勝ちを急いでいた。

そのせいで一旦退かなければならない場面でも、ライマーは強引に突っ込んだ。そのことがライマーの敗北に繋《つな》がったのだ。

普通の人だったら気付かない程度の、微細な違い。

これが戦いの最中、私がライマーに抱いていた違和感だったのだ。

「…………」

そんなライマーを、アシュトンは腕を組んで黙って眺めている。

その視線に気付いたのか、ライマーの顔が一瞬アシュトンの方へ向いた――その時だった。

「……くそっ！」

「ど、どこに行くのよ⁉」

私が引き止めるよりも早く――ライマーがその場から走り去ってしまったのだ。

「一体急にどうしたのよ！」

私は大きな声でライマーの名前を呼ぶが、彼は立ち止まらずに走り続けた。

そしてとうとう彼の姿が見えなくなってしまう。

取り残された私たち。

なにがなんだか分からない。

そんな微妙な空気の中、

「あいつ……なにか、迷っているようでした」

リックが口を開いた。

「迷っている？」

「はい。確かに、あいつは強くなりました。剣の技術も村にいる頃より、見違えるほどでした。だけど……多分、あいつは戦いの最中に余計なことを考えていた。それがライマーの動きを鈍らせていたっす」

どうやらリックも私と同じような違和感を抱いたらしい。

リックが純粋に嬉しがっていない理由も、それが分かっていたからかしら？

「私……ライマーを追いかけるわ」

いてもたってもいられなくなった私は、そう走り出そうとするが……、

「やめておけ」

とアシュトンに肩を摑まれた。

「どうしてよ」

「お前が行っても逆効果だ。あいつの迷いは、お前にも原因があるんだからな」

私の……せい？

もしかして、審判役なのに戦いの最中に野次を飛ばしたことかしら？

……うん。よくよく考えれば、そんなことをされたら気が散ってもおかしくない。

なら尚更《なおさら》――。

「謝らないといけないじゃない！　アシュトン、止めないで！　私、ライマーに謝ってくるわ！」

私はアシュトンを振り払って、強引に走り出した。

いくら審判役をしてテンションが上がりすぎたにせよ――あの行動はよくなかったわ。

私のせいでライマーが負けたっていうなら、ちゃんと謝らないと！

「アシュトン様……行かせていいんっすか？」

「ああ。お前は知らないだろうが、ああなったあいつを止めるのは至難の業だ。それにあいつは時

に、俺の予想を遥《はる》かに超えたことをやってのける。一度、あいつに任せてみるのもいいだろう」

「そうなんですか……あなたはノーラさんを信頼しているんすね」

後ろからアシュトンとリックが話しているそんな声が聞こえたが、私は気にせず、ライマーを追いかけた。


「ここにいたのね」

ライマーは街の中の小川のほとりで座っていた。

小石を拾い上げては、何度か小川に投げている。

彼の背中が小さく、そしてとても寂しそうに見えた。

「…………」

話しかけても、彼は私の方を一瞥《いちべつ》もしない。

聞こえているとは思うんだけど……やっぱり怒っているのかしら？

余計な真似《まね》をしやがって……って。

だけど、こんなしょんぼりしている姿を見て、このままとんぼ返りなんて出来ないわ。

「隣、座るわね」

一言そう言って、ライマーの隣に腰掛けた。

「「…………」」

――ライマーも私も、あえて喋り出そうとしなかった。

私たちは一緒になって川の流れを見ていた。川の中には小さな魚も泳いでいて、それを眺めるだけで癒《いや》された。

それからどれくらい経ったんだろう。

長かったような短かったような……。

痺《しび》れを切らしたのか、先に口を開いたのはライマーだった。

「……惨めだろ？」

「惨め？」

「アシュトンさんの一番弟子と言っておきながら、この様《ざま》だ。リックにも負けちまう。惨めだろ？

カッコ悪いだろ？　ふんっ、笑うがいいさ……」

「あなた……」

私はじーっとライマーの横顔を凝視する。でもやっぱり、彼はこっちを向いてくれない。

「失礼するわね」

だから――両手でライマーの顔をぐいっと摑み、そのまま強引に私と目を合わさせた。

「な、なにをするっ？」

「うーん……顔色はいいんだし、変なものを食べたというわけでもなさそうね。だとしたら、一体なにが……」

「や、やめろ！」

ライマーは無理やりその手を振り払って、私から少し離れた。

「あら、ちょっとはいつもの調子に戻ったじゃない」

ふんわりと柔らかく微笑《ほほえ》みかける。

「私が戦いの最中、野次を飛ばしたことは謝るわ。それで怒ってる……ってわけじゃなさそうね」

「お、お前はなにを――」

「でもあなたらしくないわ。あなたの良《い》いところって、何度負けてもへこたれないところじゃない」

私がそう言うと、ライマーはハッとした表情になる。

そう――ライマーは諦めが悪い。

私が彼を何度負かしてあげても、懲りずに何度でも立ち向かってくる。

「そしてとっても前向き。あなた、自分をアシュトンの一番弟子だと思っているわけなのよね？

私より弱いくせに……」

「オ、オレはお前より弱いつもりなんてないぞ！」

「だけどそんなところが、あなたの良さ」

ライマーの言葉を無視して、私は彼に真っ直ぐ言葉を投げる。

「リックに一回負けたくらいでなによ。勝つまでやったらいいじゃない。それなのに、そんなに落ち込んで……あなたらしくないわ」

「…………」

「ああ、もう！　また暗い顔をする！　しゃきっと――」

私はそう口にして、張り手のように彼の背中を――、

「しなさい！」

バンッ！　と勢いよく叩いたのだ。

「いっつ――っ！」

ライマーは痛そうに背中を丸め、涙目で私を見上げた。

「な、なにしやがんだ……っ」

「目が覚めたかしら？」

「まあ……おかげでな。礼を言う。だが、少々荒療治すぎないか？」

非難がましい表情はそのままである。

しかしようやく痛みが引いたのか、ライマーは深呼吸をしてからこう口を動かした。

「オレ……さっきの戦い、集中出来なかった。アシュトンさんの前だから絶対に負けられない……って。そしてなにより――お前を意識しすぎてた」

「私を？」

「ああ。オレは今でもアシュトンさんの一番弟子だと思っている。それは確かだ。しかし……たまに不安になるんだ。本当にオレが、アシュトンさんの一番弟子を名乗っていいのかって？　ノーラもめきめきと力を伸ばしてるんだし、こいつにいつか抜かれるかもしれない……って」

「だからさっきの戦い、焦っているように見えたのね」

私の言葉に、ライマーは首を縦に振った。

「しかもお前は聖なる魔女？　だかなんだかの力も眠っているときた。こうなったら、さらにお前とオレの差が広がるばっかりだ」

「うーん、別に聖なる魔女の力があるからといって、それを使いこなせるわけじゃないんだし……あなたの考えすぎだと思うけどね」

「でもお前だったら、直《じき》に使いこなせると思う。お前はそういうヤツだ。だが――」

そこでライマーは急に立ち上がり、

「オレはお前に負けない！　そしてこれからも、アシュトンさんの一番弟子だって胸を張って言えるようにする！　これはお前への宣戦布告だ！」

と私を指差した。

「ふふ、受けて立つわ。面白いじゃない」

だから私も真正面から、彼の決意を受け止めてあげた。

……うん。

心配だったけど、完全にいつものライマーに戻ったわね。

アシュトンが「あいつの迷いは、お前にも原因がある」と言っていたのは、このことだったわけか。

ライマーもやっぱり普通の男の子だ。

どんなことがあっても諦めず、前向きだけど……人並みに悩むこともあったみたい。

でも、もう安心。

ライマーの瞳からは、既に迷いが消えていた。

「私、あなたのそういうところ――好きよ」

「へ？」

ライマーがきょとんとする。

「聞こえなかったのかしら？　あなたのそういう前向きなところ、好き。私、うじうじしてる男を見てたら、痒《かゆ》くなってくるのよ。でもライマーはそうじゃないから」

「好き――」

ライマーは何故《なぜ》だか頬を朱色に染めて、私の言ったことを噛《か》みしめている様子だった。

なんでこんな表情をするんだろう？

「まあいっか……そんなことより――そろそろ行くわよ！」

「行くってどこにだ？」

「まだ寝惚《ねぼ》けてるのかしら？　リックに再戦を挑みに行くに決まってるじゃない！　私はあなたが勝つまで審判をしてあげるから、安心して！」

「そ、そうだな。負けたままで終われない！　今度こそ勝ってやる！」

とライマーは立ち上がる。

そして私たちは先ほどの場所まで、駆け足で向かうのだった。

その後――ライマーは再戦であっさりとリックに勝利をおさめた。
だけどリックは悔しそうに顔を歪《ゆが》めて、

『もう一回だ！　今のところ一勝一敗！　次は負けん！』

とライマーに食ってかかったのは、見ていて微笑ましかった。
ライマーは認めたがらないだろうけど――この二人、案外似た者同士かもしれない。
それから何十戦もやっていたが、結局どっちが勝ち越したのかは分からなかった。

そして夜――明日の作戦決行を前に、決起会が行われることになった。

街の中央広場。
少し肌寒い夜。満天の星の下で、私たちは焚《た》き火《び》を囲って思い思いに料理を食べたり、世間話に花を咲かせていた。
もちろん私は……。

「美味しいわね！」

お皿を片手に、決起会で出された料理に舌鼓を打っていた。

マール貝の蒸し焼き、こんがり焼き目のチーズハンバーグ、新鮮魚のオリーブオイル鍋、海老《えび》とイカの赤色スパゲッティー、とろーり卵のあんかけ雑炊……。

どれも美味しくて、ついつい食べすぎちゃうくらい。

「楽しそうだな」

アシュトンは頬杖《ほおづえ》をついて、そんな私をニヤニヤしながら眺める。

「ええ。そういうあなたは、あんまり楽しそうじゃないじゃない。ダメよ。せっかくの決起会なんだから。楽しまなくっちゃ！」

「俺はお前の顔を見ているだけで十分楽しいよ」

「ふうん、変な男ね」

そして――とっても悪趣味だわ。

「そういえばライマーは？」

「他の冒険者と喋っているようだ。ヤツはああ見えて、勉強熱心だからな。色々と話を聞きたいんだろう」

「ライマーも変な子ね」

美味しい料理がいっぱいあるのに、そんなつまらなそうなことをしているなんて……まあ、そういう真面目さも彼のいいところなんだけどね。

「そういえば……ノーラは料理が得意なのか？」

「ふぁふぁひ？」

もぐもぐ。

香ばしく焼かれたチキンを口に含みながら、そう聞き返す。

「……飲み込んでから喋れ」

ごっくん。

呆《あき》れたようにアシュトンが嗜めてきたので、急いで飲み込んだ。

「料理が得意なのか……って、どうしてそんなことを今更聞くのよ」

「いや、なに。お前が料理をしている姿は見たことがなかったからな。やはり食べる専門なのか……と」

「あら、バカにしないでよね。料理くらい、私にだって出来るわ」

屋敷にいる間は、カスペルさんにずっと料理をしてもらっていたからね。

何度か手伝おうとしたけど、その度に「ノーラ様にそんなことはさせられない」と断られてきた。

だから今までアシュトンたちに、私の料理の腕を披露する場がなかったわけだけど……。

「私の手作り料理が食べたいってこと？」

「そういうわけじゃないが……」

とアシュトンは口を動かすものの、表情は期待しているように見えた。

「丁度良い機会ね」

腕まくりをして、私はアシュトンにこう言い放つ。

「あなたのために料理を作ってあげる。少し待ってて！」

「いいのか？　お前も旨《うま》い料理を食べながら、ゆっくりしたいんじゃないのか？」

「アシュトンをあっと言わせたいんだもん。ちょっと待っててね」

「そう言うなら分かった。楽しみに待っているぞ」

アシュトンがそう声を弾ませた。

——一方の私は彼に手作り料理を振る舞うため、近くの調理場まで駆けていった。


今日の決起会は、街中の至る所にある飲食店が協力して、料理を提供してくれている。

もちろん、冒険者ギルドから一括で料金を支払っている。

そういうこともあって、飲食店の店員さんたちは「稼ぎ時だ！」といつもより張り切って、料理を作っているらしい。

というわけで——中央広場から一番近いところにある居酒屋に行くと……。

「あっ、ノーラさん。どうかしたんっすか？」

と白のコックコートを着た男の子が右手でフライパンを持ったまま、私の方に顔を向けた。

「リック……なのよね？」

「そうっすよ？　なにか変ですか？」

男の子――リックが首をかしげる。

昼間の彼は、ただの元気な少年という感じの風貌だった。

だけど今は細縁の眼鏡をかけて、落ち着いた大人の男性という印象を醸し出している。意外と細い指をしていることも分かって、昼間とのギャップに驚いた。

「いえ――ごめんなさい。ここで料理を作っているのよね？　あなた、あんまり料理を作るイメージがなかったから……」

「ははは。なんっすか、それは」

快活に笑うリック。話しながらも、両手では魚を捌《さば》いていた。

「俺、こう見えて意外と料理が得意なんっす。グパー魚《ぎょ》の鍋、会場で出てませんでしたか？　あれ、俺が作ったんすよ」

「ええ、もちろん食べたわ。香辛料がよく効いていて美味しかった！」

まさかリックが料理男子だったとは。

彼の意外な一面を見られて、なんだか得した気分。

「まあ、今はそんなことより――白玉粉ってあるかしら？　ちょっと厨房《ちゅうぼう》の一部をお借りしたいの」

「ノーラさんがですか？　ライマーから聞きましたが、ノーラさんって公爵家のご令嬢なんですよね。料理なんて出来るんっすか？」

「なによー。変？」

「いえいえ、そんなことは――」

と首を横に振るリック。

「とにかく、ノーラさんなら大歓迎っす。それにここは料理をしたいヤツが勝手に集まって、料理を作ってるだけっすからね。お店の人は場所だけ提供してくれているという形っす。自由に使ってください」

「ありがと！」

そう言って、手を洗ってから――私は早速調理を始める。

まずはあらかじめ持参していたイノチ草を、塩水で茹《ゆ》でておく。

「イノチ草……疲労回復の薬としてよく使われるものっすよね？　そんなもの、使うんっすか？」

「うん」

リックの言ったことに、私は自信満々に頷く。

彼の言った通り、イノチ草は薬草の一種。料理にはあまり使われることはない。

長旅のお供として、いくつか持ってきていたけど……こんなところで役に立つとはね。

イノチ草を茹でている間、銀色のボウルに白玉粉を投入。

さらに少しずつ水を加えながら、白玉粉をこねていき、最終的には何個かに分けて丸めていった。

「団子――っすね？」

「そうよ」

リックと会話を交わしながら、白玉団子をせっせと作って茹でていく。

出来上がった団子は、とりあえず一旦置いておいて……今度は湯掻《ゆが》いたイノチ草がペースト状になるまで、すり鉢で潰していく。

「さらにこれをこっちの団子にかけて……っと。出来上がり！」

「は、早いっすね！」

リックが目を見開く。

「うん、お手軽に作れるのよ。それに……味も結構いけるのよ。リックも食べてみる？」

「じゃあお言葉に甘えて……」

リックはそう言って、団子を一つ摘《つま》み上《あ》げて口の中に放り込む。

もぐもぐ……。

そして彼は親指をグッと立てた。

「お、美味しいっす！　イノチ草っていったら独特の苦味があったと思いますが、団子にかけて食べると甘く感じるんですね！」

「ふふ、そうでしょ？　イノチ草って、こういう使い方もあるのよ。名付けて、イノチ団子ってところかしら」

ドヤー。

腰に手を当てて、えっへんと胸を張る。

「しかも薬としての効能も残ったままなのよ、これ。明日は魔物の一斉討伐が待ってるんだし……美味しく食べて、疲れを取れたらお得でしょ？」

「そうっすね！　さすがっす、ノーラさん！　キレイなだけじゃなく、料理も出来るなんて……」

「あなたはなかなかお口がお上手ね」

こういうところは、ライマーも見習って欲しいところだ。

「じゃあ、持っていってくるわ。アシュトンを驚かせてあげるんだから！」

「アシュトン様もきっと気に入ってくれますよ！」

リックの太鼓判も貰《もら》った！

そのことでさらに自信を付けた私は、意気揚々と先ほどの場所まで戻った。


「どう？　美味しいでしょ？」

「…………」

あれ？

早速、アシュトンにイノチ団子を食べさせたけど……彼はもぐもぐと口を動かすばかりで、喋ろうとしない。

だけど彼の手は止まらなかった。

次から次へと、イノチ団子を口に放り込んでいく。

「もしかして気に入らなかった……？　と思ったけど、そうでもないようね」

「あ、ああ。すまん。旨すぎて言葉を失っていた。まさかノーラが、こんなに美味しいものを作れるとは……」

パクパク。

アシュトンはそう喋りながらも、次のイノチ団子に手を伸ばす。

「美味しい。ありがとう、ノーラ」

「ど、どーいたしまして」

真っ直ぐ褒められすぎて、ちょっと照れくさい。

「そ、そうだ——私、他の人にもこれを食べてもらってくるわ」

その場から逃げるように——私は他の人たちにもイノチ団子を食べてもらった。

すると……。

「う、旨い！　これは本当にイノチ草が使われているのか？」

「ええ」

「イノチ草なんて苦くて食えたもんじゃないと思っていたが……まさかこんなに美味しくなるなんてな。どんな魔法を使ったんだ？」

「ふふ、秘密よ。強いて言うなら、愛情——が魔法かしらね」

ちょっとドヤ顔で言ってみる。

みんなに美味しいものを食べてもらいたい――そんな愛情。それをふんだんに盛り込んでみたのだ。

そして私たちが喋っているのが聞こえてきたのか、

「なんだなんだ？　随分、美味しそうなものを食べてるじゃねえか」

「イノチ草？　そんなん、本当に旨いのか？」

「なあ、オレも一つくれないか？」

周りにも人が徐々に集まってきた！

「もちろんよ。でも数は限られてるから――ああ、もう！　まだイノチ草は残ってるから、もう一回作ってくるわ！　今あるイノチ団子は置いておくから、それを食べながら待ってて！」

私はその場を離れ、先ほどの厨房まで駆け足で向かう。

いきなりこんな大忙しになるなんて！

でも――楽しい！

食後の運動にもなるしね！

途中、アシュトンの前を通ったけど、彼も楽しそうに笑みを浮かべていた。

「ふう、やっと落ち着いたわね……」

一息吐《ひといき》いて、アシュトンの横に座る。

「人気者だったじゃないか」

「茶化さないでよ」

結局――イノチ団子は大人気で、次から次へと新しい人たちがそれを求めて集まってきた。

私がありったけのイノチ草、そして厨房にあった白玉粉も全部使って……とフル回転で働いていたら、いつの間にか決起会もお開きになろうとしていた。

「アシュトンさん、ノーラ。ここにいたんですね」

アシュトンと焚き火を眺めていると、ライマーも戻ってきた。

「ライマー、あなたも私のイノチ団子を食べてくれた？　美味しかった？」

ここと厨房を行き来していたので、いまいち誰が食べてくれたのか分かっていないのだ。

問いかけると、ライマーは頬を掻きながら、

「ん……まあ、美味しかった。お、お前もあんなものを作れたんだな。驚いた」

と褒めてくれた。

彼にしては、珍しく褒めてくれたわね。でも褒め慣れていないためなのか、ちょっと照れくさそう。

「そ、そんなことより――みんな、踊ってますね。アシュトンさんは行かないんですか？」

露骨にライマーが話題を逸らしにきた。

彼の言う通り――焚き火を囲って、何人かの冒険者がダンスに興じている。

楽器を奏でる人がいたり、それをただ眺めているだけの私たちのような人もいたり……。

踊っている人の中には、カップルらしき男女もいる。

冒険者パーティー内で付き合う人って、意外と多いらしいのよね。まあ、長時間一緒にいれば恋やら愛やらに発展するのは、おかしなことじゃないんだろうけど。

お酒も回っているのか、みんな楽しそうで、見ているだけで幸せな気持ちになった。

「ん……まあ、俺はあまりダンスが好きじゃないからな。それにわざわざ行くまでもないだろう」

「あら、王子殿下ともあろう人がダンスも出来ないの？　小さい頃、習わなかった？」

「うるさい」

私が挑発すると、アシュトンはそう言葉を吐いた。

「それに俺は出来ないとは言っていない。ただ……こうして音楽に身を任せるのは、どうも俺の性に合わん。だから……」

「ふうん。でもそれってただの言い訳なんじゃない？　踊ってきなさいよ。ほら、あそこの女の人はなかなかキレイよ。あなたが誘ったら、きっと一緒に踊ってくれると思うわ」

「………………」

あれ？

私の言葉になにか引っかかったのか、アシュトンが無言でじーっと顔を見てきた。

「な、なによ」

「いや……お前は相変わらずだと思ってな。いい加減、俺の気持ちを分かってくれ」

「アシュトンさんも苦労しますね……」

「……？」

アシュトンとライマーは呆れているようだが、私はどうして二人がそんなことを言い出すのか、いまいちピンとこなかった。

「まあ――そこまで言うなら、踊ってやろう。ほら、ノーラ。行くぞ」

「え？　私？」

急に指名されて、戸惑う私。

「お前以外に誰がいるんだ」

「でも……私もダンスはそんなに好きじゃないし、アシュトンならもっと素敵な人を捕まえられると思うけど？」

「お前以上に素敵な女などいないさ」

ドキッ。

不意にそんなことを言われたものだから、胸の鼓動が一瞬速くなった。

アシュトンは立ち上がって、私にさっと手を差し出す。

たまに忘れそうになるけど、私はアシュトンの婚約者だった。それなのに……素敵な人を捕まえられる――って言葉はちょっと軽率だったわ。反省。

ちょっと恥ずかしいけど、私は彼の手を取る。

「アシュトン！　そんなに強く引っ張らないでよ！」

「こうでもしないと、お前がいつの間にか俺の目の前からいなくなりそうだからな」

意味が分からないことをアシュトンは言いながら、私を踊りの輪の中まで連れていく。

そして私の両手を握って、ダンスを始めた。


「え――っ？」


踊ってみて、すぐに気付く。

先ほどの強引さはどこにいったのか。

アシュトンのダンスは優しくて、こうして身を委ねているだけで心地よかった。

足運びも優雅で上品。

普段、魔物と戦っている時はあんなに激しく動き回っているのに……と、彼の意外な一面を見られて、私はただただ言葉を失ってしまった。

「どうした、ノーラ？　いつもと違ってお淑《しと》やかじゃないか」

「そ、そういうあなたこそ、普段とは全然違うわ。本当のあなたはどっちなの？」

「さあな」

とアシュトンは優しく笑った。

私はこれでも一応、公爵令嬢。小さい頃からダンスも習ってきたし、学生時代も誰よりも上手《うま》く踊ることが出来た。

だからちょっとやそっとでは、ダンスでも後《おく》れを取らないつもり。

だけど──アシュトンはさらにその上をいった。

こんな野外なのに、私はまるで王宮のダンスパーティーにいるかのような錯覚を感じた。

周囲の人々も動きを止めて、私たちのダンスを見守っていた。

「ノーラもなかなかダンスが上手いじゃないか。しかしいかんせん、慣れが足りていない。場数をもっと踏むべきだ」

踊りながらも、余裕綽々《よゆうしゃくしゃく》でアシュトンは語りかけてくる。

「あ、あら。私が他の男と踊ってても、あなたはいいってわけ？」

「いや……」

一転。

アシュトンのダンスが激しくなった。

私もそれに必死に付いていく。

「それは我慢出来ない。ノーラ──お前は俺のものだ」

「──っ！」

アシュトンに見つめられて、思わず息を呑《の》む。

長い睫毛《まつげ》。憂いを帯びた瞳。

前髪の一本一本すらもよく見えて、まるでここだけ時間が止まっているみたい。

カッコいい――。

きっとそれは雰囲気のせい。

そりゃあ、前々からアシュトンのことはカッコいいと思っていたわよ？

見てくれがいいだけの男性は、今まで何人も見てきた。

元婚約者のレオナルトなんて、その典型ね。

でも――今のアシュトンはそうじゃない。

こうして踊っているだけでも、彼の優しさが内側から滲《にじ》み出《で》てくる。なにげないステップも、私が躓《つまず》かないように気を遣ってくれているのが、はっきりと分かった。

隠しても隠しきれない、育ちの良さ。

こんな野外のダンスで、彼のそんな一面も知れるとはね。

でも。

「安心して」

――このままアシュトンにずっとペースを持っていかれるのは、私のプライドが許さないわ。

心の内の動揺を悟られないように、気丈に振る舞う。

「あなた以外と踊るつもりはないわ。だって――私はあなたの婚約者だもの」

「……っ！」

今度はアシュトンが息を呑む番だった。

そして彼の顔が徐々に接近してくる。

あれ？　これってもしかして？

瑞々《みずみず》しい唇が、さらに近付く。

普段の私なら逃げようとするんだけど、この変な雰囲気に圧《お》されてか――抵抗出来なくなっていた。

ダ、ダメ……みんなが見てるのにっ。

そう言葉を発しようとするが、口がちゃんと動いてくれない。

まるで吸い込まれるように、アシュトンの唇を受け入れ――。

「きゃっ！」

次の瞬間――。

そちらに気を取られてしまったためか、小石に躓いてしまった。

幸いにもすぐにアシュトンが体を支えてくれたので、転倒するっていう恥ずかしい事態は避けられたけど……。

「……すまんな。確かに、こんなところでやるべきではなかった」

アシュトンがそう軽く謝る。

先ほどまでの、時間が止まったような感覚はなくなっていた。

「わ、私こそ、ごめんなさい」

恥ずかしさを誤魔化すように、私も謝る。

それにいくらここがデコボコの地面の上とはいえ、あんな大事な場面でバランスを崩してしまったのは、きっと動揺してしまったから。

あんな大事な場面？

――そう、ついさっき私は彼と口づけをしようとした。

だけどそのことを意識すると、急激に恥ずかしくなった。

「つ、続けましょうか？」

――なにを？

その疑問には私自身も答えられなかったけど、アシュトンはそうじゃなかったみたい。

「……そうだな。もう少し踊ろうか。夜がもう少し更けるまで――」

いつもの調子に戻って、アシュトンがそう口にした。

その後――ダンスを再開したけど、胸の高まりはおさまらないままだった。

◆　◆

ノーラの周りにはいつも人がいる。

今だってそうだ。

『ああ、もう！　まだイノチ草は残ってるから、もう一回作ってくるわ！』

そんなことを言いながら、彼女はスカートの裾を軽く持ち上げて、厨房へと駆け出していった。

「慌ただしいヤツだ」

俺はノーラが慌ただしく動いている光景を見て、そう呟《つぶや》く。

こんなノーラを「はしたない！」という輩《やから》もいるだろう。

しかし――そういう輩も、ノーラと接していたらいつしか彼女の虜《とりこ》になってしまっている。

『お待たせ！』

ノーラがイノチ団子を持って、戻ってきた。

冒険者たちがそれを求めて、彼女の周りに集まってくる。

それはイノチ団子が美味だということも一因だと思うが――それより、彼女ともっと話したいという欲求の方が大きいように感じた。

ノーラは人見知りをしない、明るい性格。

普通の令嬢なら怯《ひる》んでしまうようなゴツい冒険者相手でも、臆さずに喋っている。

そんな彼女の横顔を見て、チクチクと胸を刺すような痛みを感じた。

これは嫉妬か――。

そう――自分の感情には気付いている。

ノーラが他の男と喋っているのを見たら、どす黒い感情が湧いてくる。

嫉妬心など矮小《わいしょう》な男が抱くものだと思っていた。実際、ノーラと出会うまで、こんな感情を一度も抱いたことはなかった。

「本当に……あいつは俺の胸をいつもざわつかせてくれる」

笑顔で男どもの話し相手になっているノーラを眺めながら、俺はそう独り言を呟いた。

「……ダメだ」

さっとノーラから視線を外してしまった。

これ以上、彼女が他の男と喋っているのを見たら、どうにかなってしまいそうだからだ。

今すぐ彼女の笑顔を俺のものにしたい。彼女は俺のものだと、周囲に対して主張したい。

しかし――その願望はすぐに叶《かな》えられることになった。

決起会も終わりに近付いてきて、焚き火を囲って人々がダンスに興じていた。

『まあ――そこまで言うなら、踊ってやろう。ほら、ノーラ。行くぞ』

そんな中に交じって、俺もノーラをダンスに誘った。

ダンスが下手――なんて挑発をされて、黙っていられるほど俺も大人じゃない。

一見、ノーラはダンスよりも外で走り回っている方が性に合っているように思える。

実際、彼女もそっちの方が好きだと常々言っている。

だが、なかなかどうして……ノーラのダンスは見事なものであった。

踊っている最中のノーラは意外とお淑やかである。

それが普段とのギャップを生み、俺はこのまま永遠にノーラと踊っていたくなった。

『あ、あら。私が他の男と踊ってても、あなたはいいってわけ？』


途中、ノーラがそんな意地悪なことを口にした。

普段の俺なら軽く受け流していただろう。

だが、先ほどまでの嫉妬心を引きずっている俺はこう口にしてしまった。


『それは我慢出来ない。ノーラ——お前は俺のものだ』


彼女の顔を真っ直ぐ見つめる。

こんなにキレイな顔をしているのに、普段の彼女は令嬢らしくない。俺と出会ってからなのかもしれないが——自分の感情のままに生きているように思える。

そんな彼女がとても魅力的で——好きだった。

彼女にずっと笑顔でいて欲しい。

そう思うと、ノーラに対する愛おしさがさらに膨らんでいくのを感じた。

そして——いつしか、俺は今がなんなのかということも忘れて、彼女の唇を奪いたくなったのだ。

ノーラの唇に、自分の唇を近付けていく。

彼女もそれから逃げずに、受け入れてくれているようだった。

この好機——逃してたまるものか。

お互いの唇がゼロ距離になろうかとする時――。

『きゃっ！』

彼女の小さな悲鳴を聞いて、俺は我に返る。

そうだ――こんなところで、口づけなどしなくていい。ノーラに恥をかかせることになる。

自分の行いを恥じ、ダンスを再開した。
さっきまでのような雰囲気には、二度とならなかった。
しかしこうしてノーラと踊っていると、まるで彼女と一つになったかのように感じた。
幸せだ。
そして――彼女もずっと幸せであって欲しい。
それを叶えるためなら、俺はなんでもするだろう。
あらためて、そう強く決意した。

◆　◆

――『ノーラ』

「ん……」

声が聞こえる。

周りは真っ暗闇。

地面とも空中とも言い難い不思議な空間で、私は立っていた。

（なんなの？　誰が私を呼んでるの？）

そう口を動かすが、何故か声にならない。

疑問に思っていると、目の前に白色の人形《ひとがた》が現れた。シルエット的には、私と同じ年齢くらいな気がする。

彼女は手を伸ばして、私に必死に語りかけてくる。

『起きて、ノーラ。このままでは街が大変なことになる。私の力が――』

（街が大変なことに？　それに『私の力』って……）

やっぱり声を出すことが出来ない。

聞きたいけど伝えられない……そんな、もどかしい気持ちになっている私に、彼女は必死に訴え続ける。

『――たくさんの人の命が――失われ――目を開けて――早く――アシュトンに――』

そこで私は気付く。

――この声の主は今まで、私に何度も語りかけてきたのと同じ人だと。

そして声の正体（と思われるもの）を、私はエルフのリクハルドさんから聞いていた。

（あなたが聖なる魔女――マリエル？　なら聞かせて。どうしてあなたは私に語りかけてくるの？

私になにを伝えたいの？）

あぁ、ダメだ……。

せっかく疑問が解消されようとしているのに、あと一歩のところで届かない。

私が焦っている間にも、彼女は語りかけてくる。

だけどもう声は途切れ途切れになっていて、まともに聞こえなくなっていた。

それでも、手を伸ばして彼女に触ろうとすると――。

（きゃっ！）

私は心の中で悲鳴を上げる。

突然、暗闇の世界がガラガラと音を立てて崩れ、私の体も真っ逆さまに落ちていったからだ。

（待って――あなたは）

問いかけようとするが、もう既に彼女の姿も見えなくなっている。

そのまま意識も急降下するような感覚に囚《とら》われ、目を覚まし――。


「マリエル！」

飛び起きる。

すると——目に入ったのは壁と布団。徐々に意識もはっきりしてきた。

「夢……だったの？」

と私は呆然《ぼうぜん》とする。

だけど現実と夢の境目が分からなくなる——そんな不思議な夢だった。

「えーっと、確か私は……」

寝ぼけ眼《まなこ》を擦り、現在の状況を把握した。

ここは……宿屋のベッド。そうだ——決起会が終わってから、ここで一夜を過ごしたのよね。

昨日は楽しかったわ。

みんなと楽しくお喋りして、イノチ団子を振る舞い、アシュトンと踊ったり——。

「ああああ！」

恥ずかしくなって、叫びながら顔を枕に埋《うず》める。

あの時は周囲の楽しそうな空気に釣られて、思わずアシュトンの手を取ってしまったが……よくよく考えると、かなり恥ずかしい。

しかも口づけをしそうになり——って、これ以上考えると恥ずかしさで顔が爆発しそう。

だけどさっきの夢のことが気にかかって、昨晩の恥ずかしさが薄れていくのを感じた。


——カンカンカン——。

耳を澄ませると、外から鐘の音が聞こえてくる。

「この鐘の音は……?」

それはなにか、緊急事態を知らせるかのような音だった。

「とにかく、ここにいても仕方がないわね」

私はすぐに部屋の外に出ると——。


「ノーラ!」


丁度、アシュトンがこちらに駆け寄ってくるところだった。

「アシュトン、なにが起こったの?　それにライマーは……」

「あいつだったら、先にギルドに向かっている。そんなことより緊急事態だ」

「緊急事態?」

「詳しい話は後だ。今はすぐにギルドに向かうぞ!」

戸惑いはさらに強くなっていく。

アシュトンは私の右手を握って、強引に走り出した。

なにがなんだか分からないけど……この様子なら、やっぱり緊急事態みたい。

「ねえ、アシュトン……」

「なんだ?」

語気を荒くして問いかけるアシュトン。

さっきの夢のことを喋ろうと思ったけど、その勢いに圧されて口をつぐんでしまう。

走っていると、何故だか——首からかけている、リクハルドさんから貰ったネックレスが目に入った。

ネックレスはいつもより濁った青色だった——。


ギルドに着くと、既に冒険者の人たちが集まっていた。

みんな、昨日はお酒が入ったりで楽しそうだったけど——今は誰しもが、顔を強張《こわば》らせている。

ここにいるだけでも、その緊張が伝わってくる。

「あっ、アシュトンさん! ノーラ!」

人混みを掻き分けて、ライマーがこちらに駆け寄ってくる。

「ライマー、なにが起こっているの? どうしてみんな、こんな……」

「話はギルドマスターから聞いてくれ。もう説明を始めている」

そう言って、ライマーがギルドの奥の方へ視線を移した。

そこではギルドマスターが、大きな声でみんなにこう説明していた。

「魔物がこの街を目指して移動している」

その声を聞き、さらに周囲の空気がピリッと引き締まったように感じた。

「どういうことだ？」

冒険者の一人が手を挙げて、そう質問する。

「魔物はここから少し離れた場所で、巣を作っていると言ってたじゃないか」

「分からないんだ……」

そう言うギルドマスターも困惑しているよう。

彼はさらに話を続ける。

「しかし……魔物が移動していることは確かだ。しかもかなりの速度でな。このまま放っておけば、直に魔物の大群が街に押し寄せてくるだろう」

「なんてこと……」

そんな呟きが口から漏れてしまった。

街に魔物が雪崩《なだ》れ込《こ》んでくれば、ここにいる冒険者たちだけで全ての住民を守りきることは困難だろう。

住民の中には非力な女性や子ども、お年寄りもいるからだ。そんな人たちを避難させながら、魔物と戦うのは骨が折れる。

そうなったら、地獄のような光景が街中で繰り広げられるだろう。

「作戦を少し変更する」

ギルドマスターは冷静にこう口を動かす。

「もう何人かの冒険者は先行して、街を出ている。なんとしてでも、魔物の移動を食い止め、そいつらが街に入り込まないようにしてくれ！　詳しい説明はこれ以上してられない。作戦決行だ！」

彼が最後にそう号令をかけると、冒険者たちが慌ただしく動き出した。

「一体、なにが起こっているんだ……」

アシュトンは思案顔で、ぶつぶつと呟く。

「急に魔物が移動を始めただと？　どうして、今になっていきなり？　もしやこの街に冒険者が集結しているのを察した？　そして自分たちが狩られる前に、勝負をつけようとしたってことか。だが、魔物がそこまで計算するとは考えにくいし……」

「アシュトンさん、考えるのは後ですよ！　オレたちもすぐに行かないと！　そうしないと街の住民が……」

「ああ、すまん。お前の言う通りだな」

ライマーの言葉に、アシュトンはそう頷いた。

そして走り出そうとした時——アシュトンは私の顔をチラッと見る。

「ノーラ——」

「……こんな状況だけど、私はやっぱり、街の中にいた方がいいのかしら？」

アシュトンが言葉を続けるよりも早く、私は彼にそう問いかける。

「かなりの緊急事態よね。魔物の大移動は集まった冒険者たちだけで、対処出来るかどうかも分からない。猫の手も借りたいくらい――こんな状況でも、私はお留守番を？」

「いや……」

最初アシュトンは言いにくそうにしていたが、覚悟を決めた顔つきになってこう口を動かす。

「ここにいても安全かどうか分からない。今はそれほどの事態だと思う。そして人手が欲しいというのも事実だ。だから……」

「ええ、分かってるわ。私も行く」

と私は自分の胸を力強く叩く。

「助かる」

それを聞いて、アシュトンは真剣な眼差《まなざ》しをしたまま短くそう言葉にした。

今回はおとなしくしておくつもりだった。

でも――こんなことになって、「はい、そうですか」と、さすがに私も言ってられない。

「アシュトンさん、本当にいいんですか？」

「いいんだ。それにこうなった以上は、俺の近くにいてくれた方がまだ安心出来る。それとも……お前はノーラが足手纏《あしでまと》いだと思っているのか？」

「それは――思いません。正直なところ、ノーラがいたら助かります」

とライマーは即答した。

「ここで話をしている暇もない。今すぐ街を出て、魔物どもを片付けにいくぞ！」

「もちろんよ！」

そして私たちも先に行った冒険者たちに続いて、急いでギルドを出た。


「はあああっ！」

アシュトンが声を発し、魔物に斬りかかっていく。

両断され、血飛沫《ちしぶき》を上げて死ぬ魔物。

しかし次から次へと魔物が目の前に現れる。アシュトンも緊張を切らさず、魔物に立ち向かっていた。


——戦場は混戦状態。


ここは街から少し離れた平原。

魔物の数は十や百ではおさまらない。正確に数えている暇はないけど……千体は超えてるんじゃないかしら？

だけど幸いなことに、私たちが来るとこれまでが嘘《うそ》のように魔物はこの場に留まって、戦闘を始めた。

街に移動している場合じゃなくなった？　まずは邪魔者を排除しようと？

一見そう考えれば、辻褄《つじつま》が合うような気もするが……どうしても違和感を拭いきれない。

「まあ……今はゆっくり考えている場合でもないわね。ライマー！　あなたも気を抜かないでよ！」

「ああ！」

ライマーもアシュトンに後れを取らず、魔物を倒していく。

もちろん、私も負けてられない。

時には剣を振るい――時には魔法を放って、魔物に応戦した。

「昨日は決起会で楽しく踊ってたのに、今日は魔物相手に戦いで踊ることになるとはね。差の大きさにクラクラするわ」

「ノーラ！　無駄口をあまり叩くな。舌を噛むぞ！」

つい口から零れた言葉を拾われて、アシュトンに嗜められる。

どれだけ魔物を倒しても、次から次へと湧くように出てくる。

「どうして、魔物がこんなに集まってくるのよ⁉」

周囲の魔物がまるで導かれるように、ここに集まってくる。

「人気者だな、ノーラ」

「ライマーもこんな時に冗談言ってるんじゃない」

アシュトンの目が一瞬だけライマーの方を向くと、彼はバツの悪そうな顔をしてから再び魔物に立ち向かっていった。

でもその気持ちは分かる。

ここに集まってくる魔物が多すぎるせいで、ライマーも焦りを感じているんだろう。その感情を誤魔化すために、軽口でも叩かないと気が保てないのだ。

私は剣を振るいながら、思考を続ける。


どうして？

魔物が街を目指して、急に移動を始めたこともだ。

しかし私たちが来ると、途端に魔物の移動は停滞した。

まるで街を目指していたわけではなく、別のなにかが目的だったかのように――だ。

最初は、街を目指している場合じゃなくなったと魔物が判断したためだ――と思っていた。

でも、もしかしたらそれが理由じゃなくって――。


「オレが……魔物を倒すんだ。そして胸を張って、アシュトンさんの一番弟子だって宣言する！」

「待て、ライマー！　強引すぎる！」

ライマーとアシュトンの声が聞こえて、私はすぐにそちらに視線を向ける。

我武者羅に剣を振るうライマー。

しかしそれは児戯のようで、見ていて危なっかしい。その証拠に背中が隙だらけだ。

ライマーの後ろから魔物が襲いかかる。

彼は前方に意識を集中させているためか、気付いていないようだった。

「ダメっ！　ライマー！」

そう叫ぶ。

その声にハッとなったのか、ライマーはぎょっとして後ろを振り向く。

隙だらけの彼に向かって、魔物がさらに距離を詰める。ライマーはすぐに剣で防御しようとするが、それよりも早く魔物の牙が彼に到達してしまいそう。

私は魔法でライマーを守ろうとするが……ダメっ！　これじゃあ間に合わない！

やけに周囲の光景がゆっくり見える。

次の瞬間だった――。

体の内側から不思議な力が湧いてくる。

「え……？」

急なことに、私は思わずそんな間抜けな声を漏らしてしまった。

温かい。優しくてずっと身を委ねていたくなるような。

でも同時に――怖い。

この力を今すぐ手放さなければ、とんでもないことになる。

「ひ、光が⁉　ノーラ、待て。それは――」

アシュトンがなにかを言っているような声が聞こえたが、もう自分の意志では止められない。

私を中心として辺りに光が拡散していく――というのは分かった。

これはなんだろう？

いや……私は既にこの力を知っている。

あれは数ヵ月前……いえ、もっともっと前――私が生まれる前からこの力は存在していた。

正直――それからの記憶はほとんどない。

眩《まぶ》しくて前が見えなかったこともあるけど……それとは別に、意識がなにかに引っ張られていくような感覚があって、それに抗《あらが》うので精一杯だったからだ。

でも……光がおさまって、ようやく力が収束してから。

私は信じられない光景に目を疑った。

「ま、魔物が……」

あれだけいた魔物の姿が――辺りから、全ていなくなっていたのだ。


「ノーラ！　大丈夫か⁉」

「え、ええ。おかげさまで……ね」

とは言ってみるが、さっきから混乱しっぱなし。

一体――さっきの私になにが起こったの……？

ライマーが殺されそうになった瞬間、体の内側から力が爆発した。

そして意識がはっきりすると、こんな状態になっていたわけだ。

「ね、ねえ。アシュトン、魔物はどうなったの？」

「俺もよく分からないんだ」

アシュトンが首を横に振る。

「急に辺りが光に包まれたかと思ったら――魔物が消えていた。そして……」

アシュトンが一旦言葉を区切って、

「……やはりだ。戦いの音がやんでいる。おそらく、ここと同じようなことが、違う場所でも起こっているんだろう」

と口にした。

「それって……魔物が一斉にいなくなったってことかしら？」

「おそらくな」

朗報なことは確かなんだけど、それ以上に謎が多い。

そしてその謎を解く鍵となるのは……。

「さっきの……光よね」

と私は自分の掌《てのひら》を見た。

「ノーラもよく分からないのか？」

「ええ、分からないわ。でも……さっきの光はきっと、魔力。それがあまりに膨大な量だったためーーまさに水が容器から零れるようにーー外に放出してしまったんだと思う」

でもそれだけでは解決出来ない。

こんなことが出来ていれば、最初からそうしているからだ。

けど。

「アシュトンを助け出した時と、感覚が似ている気がするわ」

「というとーー魔神の時か？」

アシュトンの問いかけに、私はすぐに頷く。

「そうね。おそらく……これが聖なる魔女の力じゃないかしら」

「その可能性は高いな。こんな出鱈目《でたらめ》な力、そうでなければ説明が付かん」

「でもあの時にはなかった、意識が引っ張られていく感覚もあったわ。まるで別の場所に連れていかれるようなーー」

「お、おい、ノーラ。大丈夫か？」

アシュトンと言葉を交わしていると、ライマーも恐る恐るといった感じで近寄ってきた。

「すまん。オレ、無茶して……」

「ライマー、無事だったのね。今度からはあんな無茶しちゃダメよ」

「ああ……本当にすまん。お前の声を聞いて、すぐに『やっちまった！』と思ったんだ。でも止まらなくって……」

しょんぼりと肩を落とすライマー。

そんな彼の頭を、私は優しく撫でてあげた。

「いいのよ。失敗は誰にでもあるわ。それに失敗を糧にして、人は成長するから。あんまり気にしちゃダメよ」

「あ、ああ」

とライマーは頷くものの、まだ落ち込んでいる様子である。

「まあここで色々言ってても仕方ないだろう。ノーラが無事なようだったら、すぐに他の場所を――ノーラ⁉」

アシュトンが私に手を伸ばす。

あら？

どうしてそんなに驚いているのかしら？

それにどうしてアシュトンの顔があんなに遠くに――。

あれ？　今の私……地面で横になってるの？

どうして？　さっきまで立っていたじゃない。

いや、これは倒れて――と思うのが最後だった。

私の意識は闇に沈んでいった。

その悲報は、セリアとのお茶会の最中にもたらされた。

「そうですか……ノーラ様が……」


カスペルは神妙な面持ちで、魔導具から聞こえてくるアシュトンの声に耳を傾けていた。

『ああ——まだノーラが目覚める気配はない』

声だけを聞くと、いつもと変わらない様子のアシュトンである。

しかし長年、側で彼に仕えていたカスペルだからこそ分かる。

(アシュトン様……相当焦っておられる。こんなアシュトン様の声は初めて聞いた)

それだけでも、今の状況がどれだけ悪いのかを如実に表しているようであった。

「ノーラ様に一体、なにが起こったのですか？」

『分からない。しかし聖なる魔女が関係している——と考えられる』

聖なる魔女。

そのことはあらかじめ、ノーラからも聞いていた。

なんでも、彼女の中には魔神——元第七王子であった——の婚約者の魂が眠っているらしい。

その婚約者は聖なる魔女とかつて呼ばれ、類稀《まれ》なる力を持っていたということも。

(思えば——心当たりがあります)

あれはこの屋敷《やしき》で、魔神が解き放たれようとした時だ。

アシュトンが魔神の邪念に囚《とら》われてしまった事件。カスペルたちではどうしようも出来ない。打つ手なしだった。

しかしその時、ノーラが不思議な魔力を覚醒させた。

光は瞬く間に屋敷内に拡散していき、それがなくなったかと思えば、アシュトンはすっかり元の状態に戻っていた。

(もしあれが、聖なる魔女の力に起因するなら……?)

何故《なぜ》なら——アシュトンから聞いた状況は、魔神の時と似ているように思えたからだ。

『とにかく、なにか動きがあればまたすぐに連絡する。心配するな。ノーラは必ず俺がなんとかする。カスペルは引き続き、屋敷の管理をしておいてくれ』

「分かりました」

それでアシュトンからの通信は切れた。

「カスペルさん。ノーラさんは……」

セリアが心配そうな声音でカスペルに声をかける。

彼女はノーラに会うため、屋敷を訪れていた。

もっとも、ノーラたちはまだ戻ってきていないので、その目的は果たされることはなかったが

――客人をこのまま帰らせるわけにはいかない。

ゆえに先日のようにセリアに自慢のお茶を出して、話に花を咲かせていたのだが……。

「ええ、聞いての通り、かなり危険な状況のようです」

楽しい雰囲気は、アシュトンからもたらされた悲報によって、すぐに消し飛んでしまった。

カスペルが言うと、セリアの顔が青く染まる。

「そんな……ノーラさんがこのまま目覚めないなんてことがあったら……」

「大丈夫です」

セリアを安心させるために、カスペルは彼女に微笑《ほほえ》みかけた。

「ノーラ様の傍《そば》にはアシュトン様がいます。だからきっと、アシュトン様がなんとかしてくれますよ」

「……カスペルさんはアシュトン様のことを、信頼しているんですね」

「ええ、もちろんです。それに――ノーラ様がこのまま眠り続けるとも思いません。だってノーラ様のことですよ？　ずっと眠ったままで満足するようなお方じゃないでしょう？」

「ふふ、そうですね」

カスペルの言葉で、セリアの表情が少し柔らかくなる。

しかしそれでも胸中の不安は完全に拭えないのか――無理して笑っているような表情だった。

そんな彼女のことも心配しながら、カスペルはアシュトンから聞いた話を思い出す。

――当初の目的であった魔物の一斉討伐は成功に終わった。ノーラから放たれる光と共に、その周辺にいた魔物が全て姿を消してしまったからだ。

一件落着。

そうなるはずであったが、何故かノーラがその場で倒れてしまった。

最初は魔力の使いすぎ、さらには戦闘の疲れも重なったのだろうとアシュトンは思った。

だが、眠るノーラを街に連れて行き、宿屋で寝かせても――彼女は一向に目を覚さない。

彼女が眠りこけてから、もう三日が経過するらしい。

これは明らかな異常事態。

無論、医者にもノーラを診てもらった。

しかし不思議なことに、彼女の体からはなんの異常も見つからない。

……これが、カスペルがアシュトンから聞いたノーラの現状である。

「ノーラ様……」

ぎゅっと胸の前でカスペルは拳を握る。

セリアの前だからこそ気丈に振る舞ったが、その胸中は嵐のように荒れ狂っていた。

『光るインテリアなのよ！　屋敷の中に飾ったら、きっと素敵だと思うわ。私たちが持って帰るのを楽しみにしててね』

お土産のことを嬉々《きき》として語っていた、ノーラの声を思い出す。

（彼女に会いたい）

彼女の笑顔をもう一度見たい。

そして「カスペルさんの料理はやっぱり最高ね！」と言って欲しい――。

しかしそんなささやかな願いすらも叶《かな》わないかもしれない――そう思うと、カスペルは喉元からなにかが込み上がってくる感覚を抱いた。

「セリアたちに出来ることはない……のかな？」

動揺のためか、セリアはカスペルの前なのに敬語を崩してしまっていた。

「もちろん私も今すぐ、アシュトン様たちのもとに向かいたいです。しかしアシュトン様は、私に屋敷の管理を命令された。それはすなわち、私たちが行っても出来ることはない……ということでしょう」

「でも待ってるだけって……」

「信じましょう」

力強く、カスペルはセリアの双眸《そうぼう》を見る。

「アシュトン様のことを。そして――ノーラ様の意志の強さを。それにアシュトン様たちが戻られた時、屋敷の中が散らかっていたら、きっとみなさんはがっかりするでしょう。そのためにも、私は自分がいつもしていることをきっちりやるつもりです」

「そ、そうだね――カスペルさん！　セリアにも手伝わせて！　――って、ああ！　ごめんなさい。セリア、ノーラさんと喋《しゃべ》る時みたいになって……」

「いえいえ、気にしないでください。では——手伝ってくれますか？　なにせ、この屋敷は広いですからね。一人で掃除をするのは骨が折れます」

「は、はい！」

と拳を握るセリアだった。

第三話

クロゴッズ――その宿屋の一室。

ベッドで横になって、未《いま》だに目を覚さないノーラの姿を見て――俺は罪の意識で押し潰されそうになっていた。

「ノーラ……」

呟《つぶや》くが、ノーラから返事はこない。

彼女がこうして深く眠ってから、かれこれ三日が経《た》つ。

もちろん、医者にも診てもらった。しかし不思議なことに、彼女は健康そのものだと首をひねっていた。

本来なら魔物の討伐も無事に終わり、街では今頃祝勝会が行われていただろう。

だが、この戦いで大活躍だった彼女がこんな調子だということもあり――祝勝会どころか、街全体には暗いムードが漂っていた。

「俺のせいだ」

それはこの三日間で、何度も何度も口にした言葉。

ノーラのことは、なにがあっても守り抜くと決めていた。

戦いの最中、ノーラから意識は逸《そ》らさなかった。

しかし魔物が次から次へと湧くように出てきたため、そちらにばかり気を取られてしまった。その一瞬の隙の間に、彼女はライマーを守ろうと力を発動した。

そして――結果はご覧の有り様。

「なにが、Sランク冒険者だ。好きな女たった一人すら守ることも出来ないのか」

自嘲気味に笑う。

こうして眠るノーラを眺めていると、頭をかけ巡るのは彼女との今までの思い出だ。

その中でも色濃く想起するのは、先日の決起会でのこと。

周囲の視線を顧みず、ダンスの最中に俺は彼女に口づけしそうになった。

あの続きが――したい。

しかしそんな想《おも》いも、掌《てのひら》から零《こぼ》れ落《お》ちそうになってしまっている。

「くそ……っ！　俺が付いておきながら！」

そんな自分の無力感と息苦しさに苛《さいな》まれていると……。


「アシュトンさん！」

ライマーが部屋に入ってきた。

「……どうした？　街でなにかあったか？」

彼の方に顔を向けず、淡々とそう問いかける。

「い、いえ……！　特になにもありませんが……ノーラの様子を見にきて……」

「そうか」

「ノーラは――この様子だと変わりないようですね」

「…………」

ライマーの問いに、俺は答えない。

彼はそのまま俺の隣に立ち、こう口を動かす。

「……街のみんな、ノーラが目覚めないと聞いて、すっかり意気消沈ですよ。また彼女と話がしたいと言っています」

全く……。

俺たちがこの街に来て、まだほとんど経っていない。しかもその内の三日は、彼女はここで目を瞑《つぶ》っているだけ。

たった一日で街の人々、そして冒険者の心を摑《つか》んでしまうとは――と彼女の魅力に、あらためて感服した。

「な、なんで……ノーラがこんなことに……」

「分からない」

今度は首を横に振った。

「しかし――確かなことがある。こうなったのは俺の責任と――」

「それは違います！」

俺の言葉を遮って、ライマーは声を大にする。

「アシュトンさんのせいじゃありません……これは全部、オレのせいです！」

◆　◆

「アシュトンさんのせいじゃありません……これは全部、オレのせいです！」

ライマーがそう叫ぶと、アシュトンは一瞬驚いたように目を大きくした。

「オレが調子に乗ったばっかしに、ノーラが聖なる魔女の力を使うことになりました。だからこんなことに……！」

ライマーは悔しさを耐えるように、拳を強く握った。


――手柄が欲しかった。

自分自身の成長が、停滞していることには以前から気付いていた。

しかもそうやって悩んでいる間に、ノーラが現れた。

彼女は公爵令嬢という身分ながら、ライマーよりも強かった。何度決闘を挑んでも、ノーラには勝てなかった。

もっとも、悪いのはノーラではない。

それはライマーも分かっている。

だが――今まで、アシュトンの一番弟子だということを誇りに感じていたライマーは、彼女の登場で焦った。

しかもノーラの中には聖なる魔女なんていう、得体の知れないものの力が眠っているという。ノーラはさらに強くなるだろう。

とはいえ、自分の悩みを誰かに打ち明けることは苦手だった。

それはカッコ悪いことだと思っていたからだ。

だからライマーは今よりも強くなって、自信を取り戻そうとした。

エルフの村ではノーラとアシュトンが眠ってからも、ライマーは一人稽古に勤《いそ》しんでいた。

(だが……ここに来て、あのリックにも負けちまった)


――なんで？

その敗北で、ライマーの自信は足元から崩れ去った。

だが、そんな彼の心を救済してくれた女性がいる。

『私、あなたのそういうところ――好きよ』


ノーラはライマーに対して、あっけらかんとそう言い放ったのだ。

(そんなことを言ってくれる人は初めて……だったんだ)

彼女の言葉を聞いて、ライマーは心のもやがなくなっていく感覚を抱いた。

しかし……だからといって、自らの弱さから顔を背けていいことにはならない。

ゆえに、今回の戦いはいつも以上に気合が入っていたが――結局、ノーラを危険な目に遭わせてしまうだけの結果になった。

「おい、ノーラ！」

ライマーはその場でしゃがみ、ノーラの顔をじっと見つめる。

キレイな顔だ。

今すぐにでも目を開けて、「なんて顔をしてるのよ」と言い出しそうな気がした。

「早く目を覚ましてくれ！　そして……お前にちゃんと『ありがとう』と言わせてくれ。オレはこの旅でお前に二度も救われたんだ。だから……」

「ん……？　待て、ライマー」

アシュトンの声で、ライマーもそれにはすぐに気付いた。

「ノーラのネックレスが……輝いている？」

エルフの長《おさ》――リクハルドから貰《もら》った、淡い青色の宝石が付いたネックレス。

それが突如、白く輝き出したのだ。

しかしその輝きはまだ小さい。

「アシュトンさん、これは一体……」

「分からないが――」

とアシュトンは顎に手を当て、こう続ける。

「このタイミングで、ネックレスが輝きを放ち始めた。ノーラの身になにかが起こっていると考えるのが自然だろう」

◆　◆

「ん……」

気付いたら、私は知らない場所に立っていた。

「ここはどこ……？　確か……魔物の一斉討伐に参加して、終わったと思ったら体の力がぬけて……そのまま意識を失ってしまったのかしら？」

ということは、ここは夢の中？

でも夢とは思えないくらい、現実と同じような感覚だった。

そうやって混乱していると、

「あれ？」

突如、さっきまでなかったはずの大きな屋敷《やしき》が目に入った。

――その屋敷には不思議なところがあった。

建物全体――そして門や中庭に至るまで、刺々《とげとげ》しい荊《いばら》が巻き付いていたのだ。

その荊はまるで、屋敷を縛って動けなくしているように見えた。そしてそれを屋敷自体も受け入れているような……そんな不思議な印象を抱いた。

「取りあえず、ここにいても仕方がないわね」

よし、中に入ってみよう。

そう決心して歩を進め、これまた大きな門を潜《くぐ》る。

荊を避けながら、奥に進んでいくと……。

「人？」

少し開けた場所。

そこに白いテーブルと椅子が不自然に置かれている。

そして――一人の可憐《かれん》な女性が、椅子に腰を下ろしていた。

「あなた、誰なの？」

私が呼びかけると、彼女はようやくこちらを振り向いてくれた。

茶色の髪は長く、毛先がカールしている。驚くほど真っ白でキレイな肌をしていた。

絶世の美女――そんな言葉が頭に思い浮かんだ。

しかし彼女の姿からは生気が感じられない。

まるで散り際の花弁のような――儚《はかな》い印象を受けた。

「…………」

女性は私の質問に答えない。

でも……その顔をじっと見ていると、私はこう言葉を紡いでいた。

「もしかしてあなたが――聖なる魔女？」

どうしてそれが分かったのか不明。

しかし彼女を見た途端、その言葉が頭の中に浮かんできたのだ。

彼女はそれを聞いて、ゆっくりと立ち上がって、私の顔を見つめた。

え……？

一瞬身構えるが、彼女はものすごい速度で何度も頭を下げ、

「ごめんなさいごめんなさいごめんなさい！」

と謝ってきたのだった。

そして今――何故《なぜ》か私は彼女の対面に座って、言葉を交わしていた。

「それじゃあなに？　ここは私とあなたの精神世界のような場所。あなたの力が異常な形で漏れてしまったため、私の意識がここに連れてこられた。しかも私を元の場所に戻そうにも、その方法が分からない……ってこと？」

そう問いかけると、彼女は申し訳なさそうに首を縦に振った。

「はい……本当は力なんて使いたくなかった。でも先日の一件から、わたしの力が少しずつ外に漏れてしまっていました」

「それは別にいいわ。そういえば、魔物が街を目指して急に移動を始めたんだけど――今思えば、それもあなたの力のせいだったのね」

「はい」

うーん……自分でも意外と驚いていないことにどうかと思ったけど、なんか実感が湧かないわ。こんな精神世界とか魔女の力の本質とかいきなり聞かされても、どうしていいか分からないもの。

「えーっと、元々リクハルドさんから聞いてたことだけど――話を整理するわね。あなたは二つの力を有していた。それがあなたを聖なる魔女たらしめている所以《ゆえん》」

その力の一つ目は――魔物や邪悪な魔力を制御し、かつ消滅させることが出来る力。これは魔神の時にも体感していたので、今更驚かない。

そして二つ目は——魔物を呼び寄せる力。

『彼女の魅力に取り憑《つ》かれたように——邪悪なる者たちは逃れることは出来ず、それどころか吸い寄せられるように、彼女へ集まっていったとも聞きます』

リクハルドさんの言葉を思い出す。

とはいっても、彼女から話を聞くに、そう便利なものでもないようだ。どちらかというと、自分では消せない香りのようなもの。

その力に釣られて、魔物が彼女に寄ってくる……と。

「魔物を集め、魔女の力で一気に薙《な》ぎ払《はら》う。ほとんど無敵ね。だって魔物はあなたから逃げることも出来ないでしょうから」

「はい……でも半面、わたしが身を隠すことも困難になりました。隠れても、魔物が寄ってくるのですから。わたしは——この力を授かってから、一生戦うことを義務づけられたのです」

「不便ねえ。こんな力、手放してしまいたいと何度も思ったでしょ？」

魔女の身の上を嘆くと、彼女は首を横に振って。

「いえ——この力で大切な人を守ることが出来ると思えば、少々の不便さなど気になりませんでした。わたしがみんなのお役に立ててると思えば、嬉《うれ》しくて嬉しくて……」

「そう……優しいわね」

「優しい……？」

なにげなく呟いた一言だったが、彼女は目を丸くして首をかしげた。

「だって、そうじゃない。もっと他にやりたいこともあったでしょ？　なのにそんな力があったばかりに、魔物を倒す使命を帯びるだなんて……私だったら、息苦しいったらありゃしない」

「……初めて言われました。わたしはこうすることが当たり前だと思っていましたから。それに他にやりたいことなんて……」

と儚げに彼女は言った。

「話を戻しましょ――まずあらためて、あなたに言いたいことがあるわ」

「い、言いたいこと？」

息を呑《の》む彼女。

私はそんな彼女の両手を包み込むようにして握り。

「ありがとう」

「え……？」

「だって、あなたのおかげでライマーを助けることが出来たんだもの。お礼を言っちゃ、おかしい？」

「い、いえ。なんなら、あなたに恨まれていると思っていましたから」

「恨まれて？　なんで？」

「そもそもこの力さえなければ、魔物が街に大移動してこなかったじゃないですか。そうすればあなたは街の中で、平和に過ごせていた。だから……」

「なに言ってるのよ。最終的には全部上手《うま》くいったじゃない。だったら、それで万事解決だわ」

「は、はあ」

「そもそもあなたは――って」

彼女にさらに顔をぐいっと寄せる。

「あなたあなたって呼ぶのも、なんか変ね。えーっと、あなた……名前はマリエルって言ったかしら？　マリエルって呼び捨てにしてもいい？」

「え、ええ。それはもちろんです」

「ありがと」

礼を言ってから、彼女――マリエルにこう続ける。

「聞きたいことは二つあるわ。まず一つ目は、どうしてあなたが私の中で眠っていたのか。そしてもう一つは――あなたって、魔神の元恋人だったのよね？　それって本当？」

「え、ええ」

「じゃあ、マリエルと魔神の話を聞かせてちょうだい！　興味があるのよ！」

ワクワクしながら詰め寄ると、

「魔神……アーノルドのことですよね」

私とは反対に、マリエルの表情は沈んでいた。

「アーノルドって名前が王子の本名なの？　もしかして、あんまり聞かれたくなかったかしら」

「いえ――」

彼女は覚悟を決めた顔つきで、

「あなたには知る権利があると思いますから。それにもう一つの質問に答えるためにも、彼の話を避けることは出来ません。思い出すのはちょっと辛《つら》いですが、お話しします」

と真《ま》っ直《す》ぐ私を見つめた。


あなたはあのエルフ――リクハルドから、失格王子と聖なる魔女――すなわち、わたしとアーノルドの話を聞きましたね。

そこではアーノルドが国家転覆を謀った罪で、処刑されたことを聞かされたでしょう。

しかし事実は違います。

アーノルドは悪くなかった。

全て――彼を妬んだ、他の王子たちの策略だったのです。

彼は自分が他の王子たちから妬まれ、常にその命を狙われていることを察していました。

このままでは婚約者――すなわち、わたしにも危害が及ぶかもしれない。

ゆえに彼は王位継承権を放棄しようとしました。

そして王位継承権を放棄した後は、わたしと辺境の街で一緒に暮らそうと。

もしかしたら、今までのような贅沢《ぜいたく》な暮らしは出来ないかもしれない。マリエル、それでもいいかい……という問いに、わたしはすぐに頷《うなず》きました。

たとえどんなに貧しくても――後ろ指を指されても、わたしは彼と一緒にいられればそれでよかった。

ですが、そんなささやかな願いも結局叶《かな》えられませんでした。アーノルドの意志は他の王子たちに届かず、彼は処刑されてしまったのです。

わたしは彼が死んでから失意のどん底に落ち、王都から遠く離れた街へと行きました。

そこはかつて、アーノルドと一緒に暮らそうとしていた街です。

だけど、わたしの隣にはもう彼はいない。

わたしは街の近くにある崖の上に立ち、そこから身を投げました。

アーノルドと一緒にいられればそれでよかった。

もし、次に生まれ変わることがあれば、聖なる魔女の力なんて持たなくてもいい。アーノルドは王子じゃなくてもいい。

そんな願いを抱きながら――。

「実現不可能な願いでした。しかし――その願いは思わぬ形で叶えられることになります。わたしとアーノルドは他の人の体を依《よ》り代《しろ》にすることによって、転生したのです」

と辛そうな表情で語るマリエル。

話はさらに続く……。

どうして、そうなったか分かりません。

それに、わたしとアーノルドでは転生した時代が違っていた。彼はずっと前からですが、わたしはあなたの体が最初だったので――つい最近のことです。

ですが、その間に起こったことは知っています。

わたしは彼と一緒になれるならそれでいい――そう思っていました。

しかしアーノルドは違った。

彼は変わってしまった。

ブノワーズ家のとある男の体に魂が宿ったアーノルドは、世界の全てを憎むようになっていたのです。

どうして僕がマリエルと一緒になれないんだ。

それならいっそ――こんな世界ごとなくなってしまえ――と。

きっと彼が王族の血を求めていたのは、かつて自分を陥れた他の王子たちに対する殺意があったからでしょう。

そしてアーノルドは魔神となり、世界を恐怖一色に染めました。

最終的にはブノワーズ家の子どもに封印され、その子どもが死んでも次の子どもに……と受け継がれていたようですが。

そんな彼の憎悪、そして悲しみを、わたしはあなたの中から見ていました。

わたしはこう思います。

――彼をもう楽にさせてあげたい。

あなたの大切な人に魔神が乗り移った時、わたしにあったのは彼に対する怒り――そして憐《あわ》れみでした。

そこでわたしは自分の力を、外に放出させることに成功しました。

わたしの力はアーノルド――魔神を捉え、見事彼を消滅させることが出来たわけですね。

そして同時に――彼ともう一度、一緒になりたいというわたしの夢が潰《つい》えたことも意味します。

「――これがことの真相です。あなたからしたら、信じられないことでしょう。彼――魔神がやったことを許してくれと言うつもりもありません。実際、彼は許されざることを世界に対して行った。だからあなたがわたしとアーノルドを許してくれるはずもなく……？」

そこでマリエルの言葉が止まる。

私の顔を見て、困惑している様子だった。

「あなたたち……そんなことがあったのね。うぅ……不憫《ふびん》だわ。まさか冤罪《えんざい》だったなんて……」

そう――私は泣いていた。

だってこんな話、聞かされると思ってなかったじゃない！

マリエルは生まれ変わっても彼と一緒になりたかった。

だけど……彼はもう変わってしまった。

二人は――生まれ変わっても、一緒になれない運命だったのだ。

儚い二人の恋物語に、私の感情は強く揺さぶられていた。

「ノーラ、さん……わたしの話を信じてくれるんですか？」

「え、嘘《うそ》なの？」

と首をかしげる。

「い、いえ、嘘ではありません。しかしノーラさんからしたら、あまりに都合のよすぎる話といいますか……彼――魔神に酷《ひど》いことをされたというのに」

「うーん、言われてみればそうかもしれないわね」

お人好《ひとよ》しと呼ばれるかもしれない。

だけど。

「だって、あなたは私の相棒だもの。相棒の話を信じないわけないじゃない」

「ノーラさん……」

「ああ、そうそう。さん付けなんてしなくていいわ。ノーラって気軽に呼んでちょうだい！」

そう言うと、マリエルはより一層驚いた顔になった。

それに――リクハルドさんから二人の話を聞いて、少し違和感があったのも事実。

だって、いくら自分の思うように政治を動かしたいからといって、国家転覆だなんていうリスクを取る？　考えにくいわ。

あの時は違和感の正体が分からなかったけど、ようやく解明出来てすっきりした気分。

「ますますあなたに興味が出てきたわ。私ともっとお喋《しゃべ》りしましょうよ」

「わたしが……あなたと、ですか？　戻りたくないんですか？　アシュトンさんたちのところへ」

「戻りたいわ。でも戻し方も分かんないんでしょ？　だったら無駄にジタバタしてもダメ。もっとゆっくり構えましょ」

それにリクハルドさんから話を聞いてから、ずっと彼女とは腹を割って話したかったのだ。

私は両手で頬杖《ほおづえ》をついて、猫背気味なマリエルと目線を合わせる。

「じゃあ次は私の話をしてもいいかしら？　あなたの恋人であるアーノルドは、他の王子たちにハメられた。でもアシュトンも似たようなことがあって——」

私はその後——時間も忘れて、夢中でマリエルと話をしていた。

「でしょ⁉　レオナルトってどうしようもない男だったのよ。でも最後はちょっと可哀想《かわいそう》だったけどね」

「本当にそうですね。ずっとここから見ていましたが……ノーラが可哀想です」

マリエルは私の話に「うんうん」と相槌《あいづち》を打ちながら、真剣に耳を傾けてくれる。

「まあ、そのおかげでアシュトンと出会えたんだから、結果オーライなんだけどね。マリエルはアシュトンのことをどう思う？」

「素敵な男性です。あんな人に愛されて、ノーラが羨ましいです」

とマリエルは可憐に微笑《ほほえ》んだ。

「そういえば、マリエルってここからでも外の様子が分かるのよね？」

「はい」

「だとしたら、今ってどんな感じか分かる？　アシュトンとライマー、今頃どうしているのかしら」

「ノーラの魂がこちらに来たせいで、外の様子が分からなくなっているんです。すみません……」

「そうなのね。いちいち謝らなくていいわよ」

しゅんと落ち込んだマリエルを、すかさずフォローする。

うーん、良い子なことには間違いないけど……ちょっと落ち込みやすい性格なのよね。

すごい力を持っているのに、何故だか自分に自信がない。

だから。

「そういう生き方、辛くないのかしら……」

「え？」

思わず呟いてしまった私の言葉を、マリエルに拾われる。

「ううん。なんでもないわ。そんなことより――そろそろ戻る方法を考えましょうか。多分、アシュトンは私のことを心配してくれているだろうし」

それとも……どうせすぐに目覚めるだろうって、二人ともあんまり気にしていないかしら？

そんなことを思いながら、私は立ち上がった。

「屋敷の中に入ってみましょ。もしかしたら、なにか手掛かりがあるかもしれないわ。マリエルも手伝ってくれる？」

「は、はい。それはもちろんいいんですが……」

私がマリエルの手を引っ張って、建物の方へ歩き出そうとすると――彼女はこう続けた。

「不安にならないんですか？」

「不安？　うーん、どうなんでしょうね。でも私、諦めが悪いのよ。それに……こんなところでうじうじ悩んでるくらいなら、さっさと解決方法を探った方がいいと思わない？」

「………」

マリエルは私の顔を羨ましそうな表情で見た。

私、変なことを言ったかしら。

「ノーラはすごいなあ。わたしだって……」

「なにぶつぶつ言ってるのよ。早く行きましょう！」

「は、はいっ！」

こうして私たちは周囲の荊を避けながら、建物の内部へついに足を踏み入れることにしたのだ。


「そういえば、この屋敷ってそもそもなんなのかしら？」

「ここは生前、わたしの実家でした。とはいえ、荊なんてなかったんだけど……それはきっと、わたしの心を反映しているんだと思います」

「どういうこと？」

問いかけても、マリエルは俯《うつむ》いて答えを返さなかった。

うーん、気になるわね。

「まあ、いいわ。そんなことより、もう少し奥に進んでみましょ」

幸い、屋敷の中までは荊が入り込んでいなかったので、歩く分には問題ない。

「私が戻れる手掛かりがあるかもしれないからね！」

そう言って、私たちは再び歩き出した。


そして一時間くらい探索した後――。


「わあ、本がいっぱい！　これも実家と同じだった？」

書庫に入り、私はそう声を上げた。

「はい。両親にたくさん本を読めと命じられていたんです」

「ふうん、そうだったのね。というか、私――あなたのことをほとんど知らないわね。こんな立派なところに住んでたってことは、やっぱり貴族だったの？」

私がそう問いかけると、マリエルは首を縦に振ってこう続ける。

「わたしはノーラと同じ、公爵家の令嬢として生まれました。そこで厳しく躾《しつ》けられ、将来は有力者と結婚を……と」

そんなある日、聖なる魔女の力に突如目覚め、宮廷魔導士として王宮に勤めることになった。そして、そこで第七王子のアーノルドと知り合った。

……ということだった。

「本当に私たちって似てるところが多いのね。違うところは婚約者が出来た経緯くらい。私はレオナルトに婚約破棄されて仕方なくだったけど、あなたは最初からアーノルドを愛していたのね」

「はい――愛して、いました」

マリエルの表情は儚げだった。

「羨ましいわ」

「え？」

とマリエルは驚いた表情を見せる。

「だって私はまだアシュトンとそういう、愛し愛される関係か――って言われると、疑問なのよ。そりゃあ、アシュトンは私のことをすごく愛してくれているわよ？　でも結婚するイメージがどうしても湧かないというか……」

今は婚前の嫁入り中だけど、結婚の話は最初の頃から変わっていない。

毎日、好きなように暮らさせてもらっている。今回は遠征に同行させてくれた。

毎日が楽しいけど――アシュトンとの関係が進展しないことに、どこか心のもやもやを感じていた。

それにアシュトンはあれだけイケメンで素敵な男性だからね。

女なんか放っておいても寄ってくるだろう。

それなのに、嫌嫌私と結婚しようとしているんじゃないか……って心のどこかで、そう思っている。

きっとこう思うのも、彼との関係がろくに進んでいないから。

「本当にあの男、私と結婚する気あるのかしら？」

私が言うと、マリエルはきょとん顔になる。

しかしすぐにすごい勢いで、

「結婚する気——あるに決まってるじゃないですか！」

と前のめりになって言った。

「アシュトンさんを見ていたら、ノーラのことが本当に好きなんだって分かります。先日の決起会の時、アシュトンさんがあなたにキスをしようとしたのを忘れたんですか？」

「そ、その時も見てたのね」

「当然です。好きじゃない人にキスをしようとするでしょうか？」

「で、でも……アシュトンにとって、キスは挨拶みたいなものかもしれないし……」

「アシュトンさんはそんな不誠実な人じゃありません！」

ときっぱり言い放つマリエル。

まあ……私だって分かっている。

でもこんなことを口走ったのは、マリエルにあの時のことを見られて、恥ずかしかったから。

「そ、そういえば、聞くのを忘れてたけど……」

その恥ずかしさを誤魔化すように、私は無理やり話題を変える。

「時々、私に語りかけてくる声があったのよ。あれもあなたってことで間違いないのよね？」

「はい」

ならば疑問がある。

エルフの村がある森に立ち入った際や、魔物が街に移動を始めていることを知らせたのは分かる。

きっと彼女なりに、私を助けようとしてくれたんだろう。

でも。

「旅に出る前、マリエルは『付いていきましょう！』って私の背中を押してくれたわよね？　あれはどうしてなの？」

最初に聞こえてきた声だけ、他のものと少し性質が違う気がする。

問いかけると、彼女は言うのをちょっと迷う素振りを見せてから、

「だって……もどかしかったんですもん。アシュトンさんがあんなにノーラに『付いてきて欲しい！』って顔をしてたのに……」

と口にした。

「アシュトンが？　そんな顔、してたかしら」

「してました。気付いていないのはノーラだけだと思います」

きっぱりとマリエルはそう言い放つ。

「それに――何度も言いますが、羨ましいのはわたしの方です」

しかし――一転。

マリエルは表情を曇らせ、こう続ける。

「わたしは小さい頃から、ノーラみたいに前に出られませんでした。そうすることこそが、両親から『公爵令嬢の理想の姿』と言われていたからです」

「私も似たようなことを言われてたけどね」

ただ私の場合は、他人の言うことに耳を貸さなかっただけだ。

「自分の意見も言えず、ただただ俯いているだけの人生でした。でもアーノルドはそんなわたしを好きだって言ってくれた」

アーノルド――という名前を出す時、マリエルは一瞬だけとても幸せそうで……そしてすぐに辛そうにする。

アーノルドのことを思い出せば思い出すほど、彼に二度と会えない寂しさが募るのだろう。

「ですが、彼が処刑されそうな時……わたしは黙って見ていることしか出来ませんでした。聖なる魔女の力を使えば、運命を変えることが出来たのかもしれないのに……です。わたしが崖から身を投げ出したのは、その罪悪感に押し潰されたからです」

「…………」

「だからわたしはノーラが羨ましい。あなたみたいにもっと前向きになりたい。ねえ……どうすればそうなれますか？」

「無理よ」

そう断言すると、マリエルは反論せずに俯いた。

「ですよね……わたしはノーラみたいになれない。わたしみたいな暗い女は――」

「みたいになれない？　なにを勘違いしているのかしら」

私はマリエルの両肩に手を置いて、

「私みたいになる必要はないのよ。あなたはあなたなんだから」


と真っ直ぐ彼女の顔を見て、告げた。

「あなたは……あなた？」

「うん。なんであなたがそんなことを言うのか、私には分からないくらい。あなたのことが好きって言ってくれる人もいたんでしょ？　アーノルドがその典型だわ」

私だって、お淑《しと》やかな令嬢に一度も憧れたことがないか……と言われると、実はそうでもない。

可憐に微笑み、優雅な仕草を見せる令嬢。

女性らしい彼女らに見惚《みほ》れ、どうして私はああなれないのかしらと思ったこともある。

だけど。

「でも――悩むのなんて、すぐにやめた。だって私は私だもん。私以外の何者かになる必要はないわ。まあ、レオナルトの時だけ、彼の前でお淑やかな令嬢を演じてみたけどね」

と小さく舌を出して、さらにこう続ける。

「自分のことを好きになること。あるがままの自分を受け入れること。きっとそうすれば、あなたはもっと輝くわ――って、ちょっと偉そうにし過ぎたわね。ごめん」

ライマーの時だって、同じようなことを思った。

彼は自信を喪失して、焦っていた。

悩み苦しんで――それでも生きていかなくちゃならない。

でも、そういう弱い自分から目を逸らさなくてもいいと思うのだ。

だって――そういうのも全部ひっくるめて今の私なのだ。

「あるがままの自分……」

マリエルは私の言葉を反芻《はんすう》して。

「そうすれば本当にわたしはもっと輝きますか？」

「輝くわ。私を信じて」

「……はい！」

とマリエルは力強く返事をした。

――次の瞬間だった。

ゴゴゴゴゴ――！

屋敷全体が震える。

「え、これは……？」

窓から外を見る。

すると——屋敷を囲っていた荊が急に震え出し、その数をさらに増やしていく光景が目に入ったのだ。

「どういうこと？」

「ノーラ！　後ろ！」

マリエルに名前を呼ばれ、反射的に後ろを振り返った。

今まで建物の内部には、荊が入り込んでいなかった。

しかし不思議なことに、荊が部屋の中にまで伸びてきて——私の首元目掛けて飛んできたのだ。

「……！」

今からじゃ避けることも出来ず、私は反射的に目を瞑ってしまう。

私——こんなところで死ぬの？

そして次に襲ってくるであろう痛みを待っていると……。

「……あれ？」

目を開ける。

そこには荊がまるで剣で斬られたように千切れ、私に辿《たど》り着《つ》くことなく、床に転がっていたのだ。

◆

◆

「アシュトンさん！　ネックレスが！」

ライマーの悲鳴のような声。

ネックレスが白く輝きを放ってからも、俺はずっとノーラの様子を見守っていた。

しかし輝いているだけで、ノーラ自身に変化が訪れない。そのことにやきもきしていたが——突如、ネックレスの光がさらに強くなったのだ。

「これは……⁉」

白い光は部屋全体に満ちていき、目の前が見えなくなる。

だが。

「お前は俺が守る！」

俺はその光を搔《か》き分《わ》けて、ノーラの両手を握る。

彼女の身になにが起こっているのか、分からない。

しかし明らかな異常事態であることは確かだ。

俺はノーラの手を強く握りしめながら、彼女にこう言葉を投げかける。

「戻ってきてくれ！　もう二度と、お前を危険な目に遭わせない！　お前の前になにが立ちはだかろうとも、俺が全て払い退けてやる！」

だが、その訴えも虚《むな》しく、光はさらに強くなっていくばかりである。

そのことに一瞬心が挫《くじ》けそうになるが――彼女の手は離さない。

きっと彼女は戦っているのだ。

そして俺がこの手を離してしまったら、彼女は戦いに負けて二度と目を開けない。

何故だか、そんな気がした。

「ノーラ！」

何度も呼びかける。

そうすることが、今の俺とノーラが結びつく唯一の方法だと確信していたからだ。

◆　◆

「見て、マリエル！　外も荊が……！」

再び窓から外を眺めていると、荊が次々と千切れていく光景が広がっていた。

いや……正しくは見えない剣で、片っ端から斬られているようなのだ。

「一体なにが起こっているのかしら……」

そのことに戸惑いを感じていると、

「――もう心配はいりません」

とマリエルは優しげな口調で言った。

「きっとこれはわたしが変わろうとして、心の防衛反応が働いたから。変わってしまうことは怖いこと。わたしの心が無意識にそう訴えかけているのでしょう」

「そうなの……？　でも変わった後は――」

「ええ。今よりも、もっと輝いた日々が待っているでしょう」

私が言いたかったことを、マリエルが先んじて言ってくれる。

「じゃあ……荊が千切れていくのは、あなたが変わろうとしているからってこと？」

「それもあると思いますが――それだけではありません。きっと彼があなたを迎えにきたんですよ」

「彼？」

「アシュトンさんです。わたしがノーラを独占しすぎて、ちょっと嫉妬しているようですね」

とマリエルは舌を出して、軽く自分の頭を小突く。

こういう可愛《かわい》らしい仕草は、今までの彼女からすると驚くべきことだった。

「って――この光は⁉」

そこで私の体自体にも変化が起こっていることに気付く。

あの時と同じように――光が私の体から漏れ出ていたのだ。

「安心してください」

私を安心させるように、マリエルはこう続ける。

「消えるどころか逆。あなたはこのまま元の場所に戻れるでしょう」

「ほ、ほんと⁉　どうしてそんなことが分かるの？」

「――あなたに言われて、気が付いたから。だから全部分かる」

マリエルの表情はもう曇っていなかった。

まるで朝日のように晴れやかで、爽やかな表情だ。

「なにに？」

「自分らしく生きるってこと」

そうやって言葉を交わしている間にも、私の体から放たれる輝きはさらに強さを増していく。

マリエルの姿も朧《おぼろ》げに見え出した。

「何度でも言うけど、あなたとアシュトンさんは理想のカップ――いや、夫婦。それはきちんと自信を持ってあげて。じゃないと、アシュトンさんが可哀想だから」

可哀想？

どうして今のこの状況で、そんなことを言うのかしら。

「ノーラは意識していなかったかもしれませんが、彼はこの旅の最中――いえ。今までずっとあなたを見ていた。そして今だって、こうして助けにきてくれる」

「――っ！」

叫ぶ。

でもダメ。

マリエルがどんどん遠くなっていく感覚がして、どれだけ叫んでもそれは声にならなかった。

「ふふ、安心して。わたしはいつでもここにいる。あなたのことを陰ながら見守っています」

マリエルはそう言って、ゆっくりと深呼吸をする。

「最後に言わせてください――わたしに対して今まで、『自分の感情を殺してでも、理想の令嬢になりなさい』『そうすれば君は幸せになれる』って、たくさんの人が言ってきた」

だけどマリエルはそんな私に、さらに言葉を重ねる。

「でもそんな人たちの言葉より――ノーラの言葉の方がしっくりきました。うん。こっちの方が身軽です」

視界がさらに真っ白になり、周囲の景色が見えなくなった。

それでもマリエルだけは視認出来る。

「――っ！」

それでも必死に声を上げようとする。


――元気でね！　また会いにくるわ！


……って。

その声は届かなかったのか、答えは返ってこない。

でも、もう心配はいらない。

だって。

「だからわたしに色々言ってきた人に会えたら、こう言うでしょうね。話が違う！　――って」

と――マリエルは彼女らしい笑みを浮かべていたのだから。

「「ノーラ！」」

「う、ん……アシュトン、ライマー？」

ゆっくり目を開けると、そこにはアシュトンとライマーの顔があった。

「大丈夫なのか……？」

「うん。たっぷり寝て元気なくらい。心配かけちゃった……？　だとしたら、ごめん」

「なにを言うんだ。俺の方こそすまん」

どうしてアシュトンが謝るのかしら？

彼の顔をよく見ると、目の下に深いクマがある。とても疲れている印象を受けた。

こんな憔悴《しょうすい》しきっている彼の姿は、なかなか見れるものじゃないかも。

「ノーラ！　オレもすまん。オレがしっかりしてたら……！」

「ライマー……」

ライマーは何故か泣いていた。

目も真っ赤に充血している。

え？　どうしてライマーが泣いているのかしら？

それにライマーが謝ってくるなんて意外だ。彼だったら「心配かけやがって！」と怒るだろうと思ってたからね。

「オレが無茶な真似《まね》をしたから、お前が変な力を使って……だからこんなことに……」

「ああ――」

そのことね。

正直、そんなことを言われても、やっぱり謝られる意味が分からない。だってライマーだって、わざとじゃないんだもん。自分から死ににいくほど、彼もバカじゃない。

だけどそんな表情のライマーを見ていたらいたたまれなくなって、私は彼の頭にポンと手を置いた。

「気にしないで。それに――そんなのあなたらしくないわよ。反省はすべきだけど、前を向き続けて。じゃないと、私は彼女に嘘を吐いたことになるわ」

「――っ！」

ライマーは今度は、顔を真っ赤にする。

頭からぷしゅーと蒸気が出そうだ。

表情がコロコロ変わって面白い。

「ねえアシュトン、教えて。その様子だったら私、結構長く寝ちゃってたのよね？　あれからどれだけ経っているのか……」

「そうだな。まだ目覚めたばかりで、理解も追いついていないだろう。お前は――」

私が眠っている間のことを、アシュトンから聞いた。

「あちゃー、三日も眠ってたのね……だったら二人が心配するのも無理ないか」

「俺の方こそ聞かせてくれ、ノーラ。お前が眠っている間、そのネックレスが白く光り出したんだ。それで――」

とアシュトンがネックレスに視線をやって、言葉を止める。

リクハルドさんから貰った時は、ネックレスに付いた宝石の色は淡い青だった。

しかし今は白い宝石へと様変わりしていたのだ。

「道標……」

あの時、リクハルドさんが言った言葉を思い出す。

『それはそんなあなたの道標になる。その青く染まった宝石が白くなった時、聖なる魔女はきっと本当の意味であなたの味方になる』

確か彼はそう言った。

「つまり……マリエルが心を開いてくれたから、宝石が白くなったのかしら……？」

多分、そういうことなのだと思う。

一人で納得していると、

「マリエル……？　それは聖なる魔女の名前だったか？　それにさっき、お前はライマーに『彼女に嘘を吐いたことになる』と言っていたな。お前の身に一体なにが……」

とアシュトンが私に質問する。

「そうね、ちゃんと話すわ。私、意識がなくなったと思ったら――」


私と聖なる魔女《マリエル》の物語を、アシュトンたちに語った――。


アシュトンとライマーは、私の話にじっと耳を傾けてくれていた。

やがて語り終わると、二人は一様に驚いた顔をして、

「そんなことがあったのか。まさか寝ている間に、彼女と対話していたとは……」

「相変わらずお前はすごいヤツだな」

と口にした。

「全然すごくないわよ。それに……最後はアシュトンが助けにきてくれたしね。私一人じゃ、戻ってこられなかったかも」

「俺のことか？」

アシュトンは自分を指差して、首をひねる。

不意にあの時、彼女に言われた言葉が思い浮かんできた。

『何度でも言うけど、あなたとアシュトンさんは理想のカップ――いや、夫婦。それはきちんと自信を持ってあげて。じゃないと、アシュトンさんが可哀想だから』


「――っ！」

「ど、どうした？　まさかまだ体調が……」

アシュトンがぐいっと顔を近付けてきたので、反射的に目線を逸らしてしまう。

「い、いいえ、なんでもないわ。まだ頭の中がぼんやりしてるみたいね」

嘘だ。

急にアシュトンと顔を合わせることが恥ずかしくなったのだ。

こんな感情、今までなかった。

だ、だって理想のカップル――夫婦だなんて言われちゃったのよ⁉

他の人に言われても、なんともなかったのに……私の中で、共に歩んできたマリエルの言葉だからか、強く意識してしまう。

「ノーラ？　お前、やっぱりどこか悪いんじゃ……」

ライマーが不安がって、私に顔を寄せてきた。

「と、取りあえず、もう起きるわね。ずっと横になってたせいか、体がぎしぎしいうのよ。お腹《なか》も減ったし、ご飯を食べましょう」

このままここにいたら、アシュトンのことを意識しすぎて、頭がどうにかなっちゃいそうだ。

なので半ば強引に、ベッドから体を起こそうとすると――、

「待て」

とアシュトンにぎゅっと抱きしめられた。

「え⁉　どうしたのよ、急に。ライマーもいるんだし、こんなところでやめなさいよ！」

恥ずかしすぎるっ！

でも不思議と嫌な気分にはならない。

それどころか、頭の中が幸せでいっぱいに満たされていった。

「心配……したんだ」

「うん、それはごめん」

「もし……ノーラが同じような目に遭ったら、俺は奈落の底に突き落とされた気分になるだろう。こうしてノーラの温かさを感じていなかったら、またお前が遠くへ行ってしまいそうな気がするんだ」

アシュトンの体は震えていた。

――相当怖かったんだと思う。

私はマリエルと話している時も、アシュトンがここまで心配してくれるとは思っていなかった。

心のどこかで、アシュトンなら楽観視していると思っていたのだ。

でも違った。

「アシュトン……」

私は彼を元気づけるように、こう口を動かす。

「そんなことを言う必要はないわ。だってあなた、ここで私をずっと見守ってくれてたんでしょ？」

「………」

「マリエル――聖なる魔女の世界から出られたのも、きっとそのおかげ」

あの時、荊が剣で斬られたように次々と千切れていった。

それはきっと、アシュトンが私を守ってくれたから。

「それに……今だけじゃない。アシュトンは私をずっと、見守ってくれていたのよね」

旅の道中、アシュトンは私のことをずっと守ろうとしてくれていた。

本当はもっと束縛したかったんだろう。だって自分で言うのもなんだけど……私、結構無茶をするタイプだからね。

だけどそれじゃあ、私が可哀想だと思い……最低限に留《とど》めてくれた。

アシュトンはこういう性格だから、そういうのがいまいち伝わりにくいところがある。

だけどアシュトンだって一人の人間。

時には他の人と同じように怖がり、同じように不安になる。

今回のことで、私はそれを強く意識した。

「もう心配かけない——って言うつもりはないわ。だからアシュトン、私をこれからも守ってくれるかしら？　もっとも！　私もただ黙って守られるつもりはないけどね！　いざとなったら、私があなたを守ってあげる！」

だって——夫婦ってそういうものだと思うから。

マリエルに言われて、ようやく分かった。これも彼女のおかげだ。

これからもよろしくね——と心の中で呟く。

マリエルに聞こえているか分からないけど、そうだったらいいなと切に願った。

「ああ——俺は生涯、お前を守り抜くと誓おう。ノーラ——愛している」

とアシュトンは誓いの言葉を発した。


愛している。


今更かもしれない。

だけどその言葉を聞いて、私は急に実感が湧いてきた。

　——私、この人と結婚するんだ。

その後——私たちはクロゴッズのみんなに挨拶してから、すぐにジョレットに向かって出発した。
そしてようやく帰宅。

「ただいま！」


屋敷の扉を押し開けて、私はそう声を上げる。

するとすぐに執事のカスペルさんが、いつも通り出迎えてくれた。

「お帰りなさいませ、ノーラ様」

この様子だとやっぱり、私が帰ってくるのをここで待っててくれたみたい。

「どうして私がこの時間に帰ってくるって分かったの？　教えてないはずだけど……」

「今更それを聞きますか？　執事として——」

「当然のこと……よね」

私が言うと、カスペルさんは笑顔で頷いた。

「ノーラ！」

そうしていると彼の後ろから一人の女性が飛び出して、私を抱きしめた。

この子は……。

「セ、セリア。苦しいわよ……って、もしかして泣いてる？」

「当然だよ……！　だって、ノーラの身に大変なことがあったって聞いて、セリア……不安で不安で、仕方なくって……ぐすっ」

セリアは嗚咽《おえつ》を漏らしながら、私を抱きしめる力をさらに強いものとする。

カスペルさん経由で、セリアも話を聞いていたのかしら。

「私もセリアに会えなくて寂しかったわ」

「セリアもそう……でもカスペルさんがいてくれたから、ちょっとは寂しさが紛れたけど――っ」

と言ったところで、セリアは私から離れてハッとなる。

カスペルさんがいてくれたから？

あら。この二人ってそんなに仲がよかったかしら。

カスペルさんは表情を変えず。一方セリアは顔を赤くして、あたふたしていた。

「……なるほどね」

ピコーン！

二人を交互に見やって、私は合点する。

「そういうことだったのね。まさか私がいないうちに、セリアとカスペルさんができてたなんて……」

「で、できてたなんて！　そんなそんな！　ただ……ノーラにロマンス小説を渡そうと思ったけど、いなかったから……そんなセリアに、カスペルさんが美味《おい》しい紅茶を淹《い》れてくれて……」

セリアは肩幅をちっちゃくして、恥ずかしそうに俯いた。

可愛い！

まるで小動物みたいだわ。

私はそんな彼女の肩に、手をポンと置いて、

「いいのよ。応援するわ。私……これでも恋愛方面は博識な方だから！」

グッと握り拳を作った。

ロマンス小説で予習してるからね！

さらにセリアは顔を朱色に染める。このまま爆発しちゃいそうなくらいだ。

「……自分のことに関しては鈍感なくせに、よくそんなことを言えるものだ」

「お前！　走るの早すぎなんだよっ！　ま、まあ……そういうところもお前らしいが……」

そうこうしていると、アシュトンとライマーがやっとのことで私に追いついてきた。

屋敷が見えたらなんだかテンションが上がって、二人を置いてけぼりにして私だけここまで走ってきたのだ。

「アシュトン様とライマーも、お帰りなさいませ」

「色々心配かけて、すまなかったな。俺たちが留守の間、なにか変わったことはあったか？」

「いいえ、ございません。こちらは平和でした」

とアシュトンとカスペルさんが言葉を交わす。

こうして二人が話しているのを見るのも、久しぶりね。

「ノーラ……お前は病み上がりの身なんだ。もうちょっと、おとなしくした方がいいんじゃないか?」

「なによー、ライマー。なんだかあなたらしくないじゃない。それともなに? オークみたいな女――って言って、私に怒られるのが怖くなった?」

「そ、そうじゃない! ただオレはお前を心配して……」

ぐいっとライマーに顔を近付けると、彼は見る見るうちに慌て出した。

彼は私が目を覚ましてから、随分しおらしくなった。ここに帰るまでの道中でも、私の荷物を率先して持とうとした。

やっぱり今回の件で、彼なりに罪悪感を抱いている――ってことなんだろうけど、あまりの変貌っぷりに付いていけないわ。

「おやおや、ライマーも……そういうことですか。アシュトン様も大変ですね」

そんな私たちの様子を見て、何故だかカスペルさんが微笑ましそうにしていた。

「ふっ。まあ、ノーラは世界で一番魅力的な女性なのだから、仕方がない。それに――こんなことで嫉妬していては、器が小さいとバカにされる。だから大らかに見ることにしたんだ」

「ア、アシュトン。なにを言ってるのかしら?」

私がアシュトンに問い詰めても、彼は答えてくれなかった。

やっぱり……クロゴッズでの一件があってから、アシュトンのことを強く意識しすぎてしまっている。

いつもなら「なーに、バカなこと言ってるのよ！」とツッコミを入れてたところだ。

でも今はとてもじゃないが、そんな気分にはなれなかった。

「まあ、取りあえず——今日のところはゆっくりお休みください。ご飯も用意してますから」

「ご飯？　やったー！　カスペルさんの料理を食べるなんて、久しぶりね！」

私のテンションも最高潮。

だけど。

「カスペルさんには悪いけど、ご飯を食べたらすぐにアシュトンと屋敷を出るわね。行かないといけないところがあるの」

「ほお……？　それはどこでしょうか？」

カスペルさんが少し驚いたように問う。

それに対して、私はこう答えるのであった。

「王都よ！」

第四話

――私とアシュトンはジョレットを出て、王都に足を踏み入れていた。

「ここね」

とあるお墓の前で足を止めた。
ここは王都でもかなり外れになる場所。
雑草も伸び放題で、ろくに手入れされていないことが分かる。普通の人なら寄り付こうとすらしないでしょうね。私も、王都にこんなところがあるなんて知らなかったし……。
そこにひっそりと佇《たたず》む墓石は所々欠けていた。
墓石に彫られている文字も欠けているせいで、ちょっと読みにくいけど……確かにこう名前が刻まれている。

『第七王子アーノルド　ここに眠る』

「処刑されたとはいえ、こうして墓が残っていてよかったな。そのおかげで、俺たちがここに来られた」

「うん」

私は墓の前でしゃがみ、墓石をじっと眺める。

――他の王子たちの策略によって処刑され、失格王子だなんていう不名誉な名前も付けられたアーノルド。

しかし生前は能力も高く、民からとても慕われていたらしい。

なのでアーノルドが断罪されてからも、マリエル以外にも彼は冤罪《えんざい》だと信じる人は少なくなかった。

とはいえ、表向きには大罪人として処刑されてしまった身だ。

大っぴらに墓を建てるわけにもいかず、有志の人たちが集まって、街の外れにこれを作った。

――ということを、王都に来てからたくさんの人々に聞き込みをして、ようやく私たちはこの場所を突き止めたのだ。

「ノーラが聖なる魔女――マリエルから聞いた話だと、かつての第七王子は冤罪だったらしいな」

とアシュトンが口を動かす。

「ええ」

「しかし魔神となって、世界を恐怖に染めたのは事実なんだろう？　その罪は許されるわけがなく――って、そんなことを言わなくてもお前は分かっているか」

アシュトンはそう口をつぐむ。

アーノルドは確かに、悪いことをした。

だけど私はあのマリエルの話を聞いて、とてもじゃないけど、彼のことを心から憎むことが出来なくなっていた。

だから。

「マリエル——聞こえる？」

私は心の内で眠っているマリエルに、そう話しかけた。

返事はない。

あれから、何度かマリエルと話してみようと思ったけど、前回みたいなことには二度とならなかった。

でも彼女は『わたしはいつでもここにいる』って言ってくれた。だから消えたりなんかはしていないと思うけどね。

そしてそれだけではない。


『彼ともう一度、一緒になりたい』


あの時のマリエルの寂しそうな表情を、どうしても忘れることが出来ない。

一部の人はアーノルドの無罪を信じていたといっても、彼にとっては四面楚歌《しめんそか》の状況。

それはマリエルだって同じことだろう。

心から愛する人が処刑台に上がり、首を切り落とされる。

想像するだけで――喉元からなにかが込み上げてきた。

「あなたの恋人はここで眠っているわ。一度くらいは会いにきたかったでしょ？」

相変わらず返事はない。でも、それでもいいのだ。

私は彼女の寂しさを、少しでも晴らしてあげたい。

アシュトンは私の後ろで、黙って成り行きを見守っている。

もしアシュトンが同じ目に遭ったら――私はどうするかしら？

もちろん冤罪だと知って、アシュトンをそのまま死なせちゃったりするつもりはない。

しかし所詮、私はただの小娘だ。悲劇を防げないかもしれない。

その時、私はマリエルのように身を投げ出すかしら？


――そんなこと、するわけないじゃない！


って――今までの私だったら、笑い飛ばしていただろう。

でも今は言葉に詰まってしまう。

私にとって、アシュトンはそれくらい大切な人になっていたからだ。

彼がいなくなった時のことを考えると、ぞっとする。泣き叫ぶかもしれない。いつもの私じゃいられなくなるかもしれない。

こんなことを思ったのは、生まれて初めてだった。

そして私たちは長い時間、そこで思いを馳《は》せていた。


「……ノーラ」

「うん」

アシュトンの声を聞いて、私は立ち上がる。

「そろそろ行きましょうか」

「……ああ」

これでマリエルが満足するか分からない。

私のただの自己満足かもしれない。

だけどこれは、私と彼女が一歩前に進むための儀式みたいなもので――。

――『ありがとう』

「え？」

ビックリして、辺りをきょろきょろする。

「どうした、ノーラ？」

「声が……」

「声？　そんなものは聞こえなかったが……」

とアシュトンは不可解そうに首をひねる。

……うん。

どうやら彼女に、私の思いは無事に伝わっていたみたい。

「これからもよろしくね、マリエル」

そう言って、私は墓に背を向ける。

これでもう心残りはない。

「付き合わせちゃって、ごめんなさい。アシュトンも王都でしたいことがあるのよね？」

と問いかけると、アシュトンは首肯した。

なんでか分からないけど、いくら聞いても答えてくれないのよね……なにを企《たくら》んでいるんだか。

「そろそろ教えてちょうだいよ」

「そうだな。なんにせよ、ノーラにも付いてきてもらわなければならないからな」

「……？」

今度は私が首をかしげる番。

脳内で疑問が渦巻いている私に向かって、アシュトンはこう口にした。

「今から――ノーラの父上に、結婚のご挨拶に行くぞ」

「アシュトン殿下――お久しぶりです。こうしてお会いするのは、十年ぶりくらいになりますか」

実家に着くと、私たちは早速応接間に通された。

私のお父様――名前はルドルフ。

妻――つまり私のお母様になるんだけど――を亡くしてから、再婚もしなかった。

お父様はこの国の大臣の一人。そのため、幼い頃のアシュトンにも会ったことがあるんだろう。

「本日はお忙しい中、お時間を取っていただきありがとうございます」

ソファーに座る前に、アシュトンはそう丁寧に挨拶する。

ここまでかしこまった彼は初めて見る……かもしれない。

しかも声と表情が強張《こわば》っている。さすがのアシュトンでも、私のお父様を前に緊張しているのかしら。

「まあまあ、まずは座ってお茶でも飲んでください。良《い》い紅茶の茶葉が手に入ったんですよ」

「ありがとうございます」

とアシュトンはソファーに腰を下ろす。

私もその隣に座った。


――ど、どうしてこんなことになってるの⁉

私のお父様と会うことは、アシュトンから聞かされていなかった。

しかし彼は秘密裏に計画を進めており、こうして『婚約者が実家に挨拶に来る』という大イベントが実現したのだ。

どうして私に言ってくれなかったのかと問い詰めると、

『サプライズだ』

ニヤリとイタズラ少年みたいな笑みを浮かべて、アシュトンは言った。

……色々と文句を言いたくなったけど、それどころじゃない。

「こうしてご挨拶に来るのが遅れてしまい、申し訳ございません。本来ならば、もっと早くにこうした場を設けるのが筋でした」

「ご丁寧にありがとうございます。しかし――謝る必要はありません」

お父様は柔らかく笑って、こう続ける。

「そもそも、この婚約は元々国王陛下が独断で決められたこと。こうして顔を合わせる機会もなかったのは、仕方のないことです。それに殿下も色々とお忙しい身でしょう。気にする必要はありません」

その言葉に、アシュトンの表情がより一層強張る。

独断で――って言われたら、そりゃあ身構えるわよね。

それにしてもお父様もどうしてこんな言い方をしたのかしら？　もしかして、私とアシュトンの結婚を認めるつもりはないとか？

「ノーラも久しぶりだね。全然実家に戻ってきてくれなかったじゃないか。父は寂しかったよ」

「だ、だって……意外と婚前の嫁入り生活が楽しかったんだもん。帰るのを忘れていたわ」

と私は言葉を返す。

お父様……ニコニコと笑っているけど、これは怒っている時の表情だわ。わ、私だって、悪いと思っているんだからね！

そして私たちはしばし世間話に花を咲かせていたが——アシュトンが不意に真剣な表情になって、こう口にした。


「ノーラとの結婚をお許しください」

——と。


場がピリッと引き締まった感じがした。

お父様は言葉を発しようとしない。口を閉じて、品定めするような視線をアシュトンに向けていた。

「…………」

一方、アシュトンも似たようなところ。

両膝に手を置いて、じっとお父様の言葉を待っている。肩にも力が入っていて、緊張しているのが丸わかりだ。

こんなアシュトンの姿、魔物と戦っている時ですら見たことがないわ。

もしかしたら、魔物と戦っている時以上に神経を研ぎ澄ませているのかもしれない。

私も変に口を挟まず、固唾をのんでいた。

そして。

「ノーラは――」

口火を切ったのはお父様の方からだった。

「昔からワガママな子でした」

「お、お父様⁉　なにを言い出すの？」

私は前のめりになって、お父様に反論しようとするけど――さっとアシュトンが視線でそれを制す。

「ダンスや淑女のマナーを学んでいるよりも、剣や魔法の勉強をしている方が好き。私になにも言わずに森に行って、ハードベアを狩ってきたことはつい最近のように思い出せます」

「そ、そんな昔話を……」

「ですが、ノーラは優秀な娘でした」

お父様は私を無視して、さらに話を続ける。

「だから『心配はいらない』とノーラをよく知る者は言います。しかし私からしたら、気が気でなかった。『いってきます』と家を出た娘が、二度と帰ってこなくなる……そんな心配をしたことは一度や二度ではありません」

「…………」

そう。

私はお父様にいっぱい迷惑をかけてしまった。

しかし――お父様はそれでも、私の好きなようにやらせてくれた。

私もそのことに罪悪感と恩義を感じていたから、レオナルトとの婚約も嫌々受け入れた。

今だって、アシュトンとの結婚が嫌！　って言ったら、お父様は反対しないでしょうね。

まあそんなこと――。

「目が離せない子なんです。なにをするか分からない。勝手に一人でダンジョンに行くこともあれば、危険な魔法を試してみたりもする。でも――優しい子なんです。本人は無自覚かもしれませんが、いつの間にか他人を救っていたりする。気付けば、みんな彼女の虜《とりこ》になってしまっている」

「それは私も感じています。まあ――私の愚兄はそう思わなかったみたいですが」

とアシュトンがお父様の言ったことに同意する。

さらにお父様は真っ直《ま》ぐ《す》アシュトンを見つめ、こう口にした。

「殿下はどうですか？　あなたもノーラの虜になっていますか？　彼女から目が離せなくなっていますか？　そして――娘を守ろうとする気持ちはありますか？」

それに対して、すぐにアシュトンは言葉を返さなかった。

お父様の言ったことを真摯に受け止め、自分の中で消化している。

しかしやがて、一度深呼吸をしてから――アシュトンはこう口を開いた。

「先日――私は許されざる過ちを犯してしまいました。ノーラを危険な目にあわせてしまい、その結果、彼女は遠いところに行ってしまった。最終的にはこちらに帰ってきてくれましたが、それは結果論。反省してもしきれません」

――あなたが罪を感じる必要なんて、どこにもないのよ。


そう口を動かそうとした。

だけどそうすることも許されない神聖な空気を感じ取っていた。

ただアシュトンの紡ぐ言葉を待っている。それはお父様も同じだった。

「だから決めた。もう二度と、彼女から目を離さない。もっとも彼女を束縛するつもりはありません。彼女と手を取り合って、生きていく。時にはノーラが前を歩いたり、私が引っ張っていく時もあるでしょう。ですが――夫婦というのはそういうもの。どちらが上だ、下だはないんですから」

そしてアシュトンは深々と頭を下げ、

「彼女を一生涯かけて守り通す。お父さん――ノーラを俺にください」


と言った。

「……ふふ」

それを受けて、お父様が頬を緩める。

「すみません、少し意地悪をしたくなりました。なにせ、ノーラは私の自慢の娘。それなのに変な男にはやれませんからね。特にあなたは変人王子だなんて、ここ王都で呼ばれていますから」

「ちょ、ちょっと、お父様……それはさすがに失礼……」

と慌てて訂正させようとしたが、アシュトンはそんな私を手で制す。

その頭は下げられたままだ。

「ですが――私には分かります。あなたは私の娘を愛してくれた。そんな人が、悪い男なわけがない」

そして――お父様も頭を下げ、

「娘を――よろしくお願いいたします」


と――言葉を返した。

それを聞いて、アシュトンは顔を上げる。表情は明るかった。

「……ありがとうございます。ノーラを必ず幸せにします」

お父様も顔を上げて、アシュトンを見る。

二人の顔は朗らかなもので、先ほどの緊張感が嘘《うそ》のようになくなっていた。

「そういえば、ノーラからの言葉を聞いていなかったね。ノーラ――君はどう思っている？」

なにを分かりきったことを……と思わなくもない。

だけどそれを茶化す場面でないことも分かっていた。

ゆえに私も二人の真剣さに応えるように、こう答えを返す。

「……アシュトンは私を幸せにするって言ってたわね。でもちょっと違う。私こそアシュトンを幸せにしてあげるわ。まずはそれを言いたかった」

そう言うと、アシュトンが驚いたように目を見開いてから、少し頬を緩めた。

アシュトンにあんなことを言われて嬉《うれ》しいけど、ここまで情熱的な言葉を聞くと、私も私で照れるわけで。

「私、今まで本気で人を好きになったことがなかった。そしてそれはこれからも続いていくものだと思っていた。だけど違った――」

私はアシュトンと向き合う。

アシュトンのキレイな瞳を真っ直ぐ見て、彼の手に私の手を添えた。

お互いに微笑《ほほえ》む。こうしていると勇気が出る。

そして私は再度、お父様の方に顔を向けて、こう言った。

「私もアシュトンを愛してる――私、彼と結婚するわ」

エピローグ

そして時が過ぎるのは早いもので。

とうとう私たちの結婚式当日となった。


「本当にジョレットでよかったのか？」


アシュトンが私にそう問いかける。

彼は黒のタキシード姿。

ここまできっちりした装いのアシュトンは初めてだったので、なんだか新鮮。

こうして見つめられるだけでも、胸のところがキュンってするわ。

「ええ――だってジョレットは私たちにとって、大事な場所なんだもん。それにこれからも、ここに住み続けるんだから、街の人にも見てもらわなくちゃダメでしょ？」

「それはそうだ」

とアシュトンが快活に笑う。

王都とジョレット――どちらで結婚式を開くのかは、アシュトンと話し合って決めた。

頻繁に忘れるけど、アシュトンって第七王子なんだからね。普通なら王宮で煌《きら》びやかなパーティーが行われるだろう。

だけど彼はそれを選ばなかった。

ジョレットの小さな教会で、結婚式を挙げることにしたのだ。

私も実家がある王都で……と少しは考えたけど、アシュトンがこっちでしたいって言うから仕方ないわよね。

お父様も馬車を乗り継いでここにやってきてくれる。街には前日に着いてたみたいだけど——もう式場で待っているのかしら？

「とうとうこの日がきたな」

「ほんとね」

結婚式の開始はもうすぐ。

私たちは教会の控室で、今までのことを思い出していた。


——初めは乗り気じゃなかった。

だって、レオナルトに酷《ひど》い振られ方をして、実家でくつろいでいたら次は第七王子と婚約させられそうになったのよ？

しかも相手は冷酷無比という噂《うわさ》の変人王子。

でも……貴族ってそういうものだと思ったから、嫌嫌彼と婚約するつもりだった。

まあ、門前払いされればいいなあと思っていたのは事実だけどね！

でも――違った。

彼は街の住民からも慕われる、優しい人だった。

私もいつしか彼に惹《ひ》かれていった。

でも……彼のことを心から愛しているかと問われれば、すぐに頷《うなず》くことは出来なかった。

それが決定的に変わったのは、マリエルと話をしてから。

いつしか彼を本気で愛している自分に気付いたのだ。

だからアシュトンと結婚することになって、今の私は間違いなく幸せだった。


「ノーラ……いつも以上に今日のお前はキレイだ。お前と結婚出来て、俺は本当に幸せものだ」

思い出話に花を咲かせていると、彼がふとそう口にした。

「ま、馬子にも衣装というヤツでしょう？　ライマーもこれだったら、キレイって言ってくれるかしら？」

「ライマーだけじゃない。式場で待っているカスペルもセリアも――きっとお前を褒《ほ》め称《たた》えるだろう」

「は、はあ……」

照れるやら恥ずかしいやらで、ついそんな曖昧な返事をしてしまう。

私は今――白の花嫁衣装に身を包んでいる。

私としては、いつも通りの服で結婚式に出ようとした。でも、やっぱりダメみたい。

こういう衣装に憧れない気持ちがなかったわけではない。

でも――恥ずかしいんだもんっ！

本当にキレイって言ってくれるかしら……お前には似合わん！　とか言われたりしないだろうか。

「お、ノーラ。顔にゴミが付いてるぞ」

アシュトンが手を伸ばし、私の顔に触れようとする。

「あら、ほんと？　それはいけないわね。ありがと――」

と口にしようとした時であった。


――彼の唇が私の唇と重なった。


私も目を閉じて、それを受け入れる。

あの決起会でのダンスの時、同じことをされそうになったけど――あの時はまだ心の準備が出来ていなかった。

でも今は違う。

彼と唇を重ねていると、頭が幸せでいっぱいになる。

私と彼の心が溶け合い、一つになっていた。

そうしてどれだけの時間が経《た》っただろう。

「――ノーラ。愛している」

やがてアシュトンが唇を離し、そう言葉を発した。

「私も――あなたを愛してるわ。これからもよろしくね」

「ああ」

とアシュトンは、さらに私の頬にチュッと唇を押し当てた。

「じゃあ……！　そろそろ行きましょうか！」

こういうのは私の柄じゃない。

私はアシュトンに手を伸ばし、式場に向かおうとする。

だけど。

「待ってくれ」

とアシュトンは私の一歩前に出る。

「今日くらいは、俺が前を歩かせてくれ。そうしないと格好がつかん」

「なにを言ってるのよ。昔、私が前を歩いてあげるって言ったでしょ？　なのに、今日みたいな大切な日に約束を破るなんて、許せないわ」

「ダメだ」

少し言い合う。

しかし私たちはいつの間にか笑みを零《こぼ》して。

「……並んで歩きましょうか」

「そうだな」

アシュトンと手を繋《つな》ぐ。そして隣り合って、式場へと足を進めた。

今まで楽しい日々を過ごしてきた。
そして――それはこれからも同じだろう。
アシュトンの妻になっても、今まで通りやり続けるつもりだわ。
だって――。

「それが私だもの――ねえ、マリエル」

今も私の中で眠っているであろうマリエル。

私は彼女に対して、そう言葉を投げる。

返事はない。だけど彼女が嬉《うれ》しそうに微笑《ほほえ》んでいるような気がした。

そこでふと空を見上げると――。

「ねえ、見て！　アシュトン！」

「なんだ――」

アシュトンも感動で言葉を失う。

何故《なぜ》なら、さっきまでなかったはずなのに、空にはキレイな虹が架かっていたからだ。

「あなたも喜んでくれているのかしら？」

その美しい光景はまるで、マリエルが私たちを祝福しているようだった。

あとがき

初めましての方は初めまして。久しぶりの方はお久しぶりです。鬱沢色素《うつざわしきそ》です。

この度は当作品を手に取っていただいて、誠にありがとうございます。


色々な「話が違う！」が盛りだくさんのシリーズ、第二弾です！

冒険者であるアシュトンとライマーの遠征に付いていくことになったノーラ。魔物と戦ったり、美味しいご飯も食べたり……と楽しく旅をしていたのですが、不思議な声を聞きます。その声は、アシュトンとの関係に進展がないノーラを励ますようなものでした。疑問に思っていたノーラですが、その声の主は驚くような人物で……？

——といった感じで物語は進んでいきます。

一巻では色々と謎が残った魔神ですが、その正体もはっきりします。魔神がそんな存在だったなんて「話が違う！」と、良い意味で思っていただければ幸いです。

また、今回の物語でノーラとアシュトンの恋模様は一つの節目を迎えることになります。

ノーラは公爵令嬢らしからぬ行動も目立つ女の子です。彼女もそれを自覚しているため、レオナルトと婚約している時は自分のやりたいことを我慢していました。

しかしアシュトンはそんな彼女のことを温かく包み込みます。それが彼女の良さだ――と。実際、周囲の人々もノーラの天真爛漫さに次第に心惹かれていきました。

だけどノーラは素直じゃない女の子です。アシュトンからの愛を、真正面から受け止めることに照れていました。それがなかなか二人の関係が進まなかった理由でもあるのですが――果たして、ノーラとアシュトンはどうなるのか⁉　といったところもご注目くださいませ。

ここからは謝辞を。

まずは担当編集の庄司《しょうじ》様。今回もありがとうございました。おかげさまで、より良い物語を紡げたと思います。今後ともよろしくお願いいたします！

イラストご担当の辰馬大助《たつまだいすけ》先生。素敵なイラストの数々、ありがとうございました。ラストシーンのノーラとアシュトンは泣きそうになりました！　重ね重ねありがとうございました！

他にもここでは名前を挙げられないくらいの、たくさんの方々にもご協力いただきました。この場を借りて、お礼申し上げます。

さらに鏡《かがみ》ユーマ先生による当作品のコミカライズも絶賛連載中です。活き活きと動いているノーラやアシュトンに感無量です！　コミカライズも超絶面白いので、ぜひそちらもご覧くださいませ。

そしてなにより――読者の方々。
これは持論ですが、本に限らず一つの物語というのは、読者様と作り手とのキャッチボールだと思っています。いつもそのキャチボールにお付き合いいただき、ありがとうございます。今後ともよろしくお願いいいたします。

では、また会える日まで。

鬱沢　色素

コミックス
1~2巻
好評発売中
!!!!!!
漫画：鏡ユーマ
原作：鬱沢色素　キャラクター原案：辰馬大助
話が違うと言われても、
～婚約破棄された公爵令嬢

「Palcy《パルシィ》」https://palcy.jp/にて
コミカライズ好評連載中!!
漫画：松もくば
シリーズ好

Kラノベブックス

話《はなし》が違《ちが》うと言《い》われても、今更《いまさら》もう知《し》りませんよ2
～婚約破棄《こんやくはき》された公爵令嬢《こうしゃくれいじょう》は第七王子《だいななおうじ》に溺愛《できあい》される～

鬱沢《うつざわ》色素《しきそ》

2023年1月31日第1刷発行

発行者	森田浩章
発行所	株式会社 講談社 〒112-8001　東京都文京区音羽2-12-21
電　話	出版　(03)5395-3715 販売　(03)5395-3608 業務　(03)5395-3603
デザイン	たにごめかぶと（ムシカゴグラフィクス）
本文データ制作	講談社デジタル製作
印刷所	株式会社ＫＰＳプロダクツ
製本所	株式会社フォーネット社

KODANSHA

ISBN9[illegible]13[illegible]5　N.D.C.913　259p　19cm
定価はカ[illegible]ます

ファンレター、
作品のご感想を
お待ちしています。

あて先
〒112-8001　東京都文京区音羽2-12-21
(株) 講談社　ラノベ文庫編集部 気付
「鬱沢色素先生」係
「辰馬大助先生」係